Nenè

… und nichts ist mehr, wie es war …

– kein Kriminalroman –

Dorothee Klein

Dorothee Klein

Dorothee Klein, geb. 1948, hat schon als Kind ihrer Phantasie freien Lauf gelassen und Geschichten erfunden. Lesen und Schreiben gehörten schon immer zu ihrem Leben, so dass die gelernte Buchhändlerin als Redakteurin in einem Verlag arbeitete. Das Schreiben war zuerst einmal ein stilles Hobby, das sie in Kurzgeschichten und Lyrik auslebte und durch das sie Erlebnisse wie Schicksalsschläge verarbeitete. Als Vorsitzende eines Deutsch-Italienischen Kulturvereins begann sie, Vorträge über ihr Lieblingsland, das auch ihre zweite Heimat ist, zu schreiben.

Die Geschichte Nenès ist für die Autorin mehr als 40 Jahre nach dem Geschehen so lebendig, als wäre es erst gestern passiert, weshalb sie sich zur Veröffentlichung entschlossen hat.

Dorothee Klein ist zum zweiten Mal verheiratet und lebt mit ihrem Mann in Leverkusen und in Apulien.

Nenè

… und nichts ist mehr, wie es war …
- kein Kriminalroman –

Dorothee Klein

Bibliografische Information der Deutschen Nationalbibliothek:
Die Deutsche Nationalbibliothek verzeichnet diese Publikation in der Deutschen Nationalbibliografie; detaillierte bibliografische Daten sind im Internet über http://dnb.d-nb.de abrufbar.

Das Werk ist einschließlich aller seiner Teile urheberrechtlich geschützt. Jede Verwertung und Vervielfältigung des Werkes ist ohne Zustimmung des Verlages unzulässig und strafbar. Alle Rechte, auch die des auszugsweisen Nachdrucks und der Übersetzung, sind vorbehalten! Ohne ausdrückliche schriftliche Erlaubnis des Verlages darf das Werk, auch nicht Teile daraus, weder reproduziert, übertragen noch kopiert werden, wie zum Beispiel manuell oder mithilfe elektronischer und mechanischer Systeme inklusive Fotokopieren, Bandaufzeichnung und Datenspeicherung. Zuwiderhandlung verpflichtet zu Schadenersatz.

Alle im Buch enthaltenen Angaben, Ergebnisse usw. wurden vom Autor nach bestem Wissen erstellt. Sie erfolgen ohne jegliche Verpflichtung oder Garantie des Verlages. Er übernimmt deshalb keinerlei Verantwortung und Haftung für etwa vorhandene Unrichtigkeiten.

© 2013 Dorothee Klein
Fotos: Dorothee Klein
Lektorat: Wolfgang Willers

Herstellung und Verlag:
BoD – Books on Demand, Norderstedt
ISBN 978-3-7322-3029-7

Zur Erinnerung an meine liebste und beste Freundin,
an dieses fröhliche und lebensfrohe Mädchen,
diese liebenswerte junge Frau und liebevolle Mutter.

Ich bin so traurig, dass wir Deinen Tod
nicht verhindern konnten.

Vergessen werde ich Dich nie.

Dorothee Klein
Oktober 2013

Schlagzeile

22. September:

Frauenmord

Leiche auf Müllhalde gefunden

7. Juli:

Lebenslänglich für eiskalten Frauenmörder

- - -

Am 20. September ermordete der vierundzwanzigjährige Gero Wenzel nach einem provozierten Streit seine neunzehnjährige Frau Nina. Nina Wenzel hinterlässt ihren zweieinhalbjährigen Sohn Patrick.

Dies ist eine wahre Geschichte mit erfundenen Namen. Die Menschen leben – mit ihrer Schuld, mit ihrer Trauer, mit ihrer Fassungslosigkeit.

Aus

Tot. – – Aus.

Endgültig vorbei. Vier Jahre ausgelöscht, nein, fast zwanzig Jahre. – Vorbei.

„Wein' doch nicht so schrecklich, Katja", sagte er leise. Er musste sie festhalten.

Sie schluchzte herzzerreißend. „Nenè", und immer wieder „Nenè!"

Aber Nina Wenzel, von ihren wenigen Freunden liebevoll Nenè genannt, gab es nicht mehr. Sie war tot. Und das war so furchtbar endgültig, wie es weder Katja noch Mike jemals vorher zu Bewusstsein gekommen war.

Wäre Nina krank gewesen, hätten sie mit ihrem Ableben rechnen müssen und ihren Tod vielleicht sogar als Erlösung begriffen. Auch ein Verkehrsunfall, wie schlimm auch immer, wäre eher zu ertragen gewesen - ein unabänderlicher Schicksalsschlag.

Aber so ...

Mike führte Katja vom Grab weg, langsam, schwerfällig, steifbeinig. Hinter ihnen polterte weitere Erde auf den Sarg, auf Katjas Blumen, Ninas Rosen. Bei jedem neuen Poltern zuckte das junge Paar zusammen, als verspürte es körperliche Schläge.

„Mike, ich höre sie noch immer reden!" Katja sprach sehr betont und mit fremder, hoher Stimme.

„Mir geht es genauso, Katja." Auch Mike klang so leer.

„Wir werden sie nie vergessen ..."

„Wir können sie auch nie vergessen, Katja, denn wir müssen uns um Patrick kümmern. Wenn er einmal erwachsen ist, wird er wissen wollen, wie alles kam und wie Nina war."

Im Auto machte Katja plötzlich einen sehr entschlossenen Eindruck. „Ich werde mir nie wieder einen Krimi im Fernsehen anschauen können. Ich würde immer nur an Nenè denken. Und das ertrage ich nicht."

„Du musst zuerst einmal ruhiger werden", mahnte Mike. „Vor allem aber musst du jetzt an unser Baby denken. Es braucht eine ausgeglichene starke Mama."

Es sind ihre Nerven, sagte er sich. Der Schock war zu groß. Sie brauchte Zeit, viel Zeit. Beide mussten sie lernen zu vergessen, nein, zu verkraften.

Eine vierjährige Freundschaft hatte auf brutale Weise ein Ende gefunden und Katja einen der wichtigsten Menschen ihres Lebens genommen.

Sensationslüstern stürzen sich die Leute auf jeden Krimi, auf jede Mordgeschichte, jede Katastrophe. Man bekommt ein leichtes Kribbeln, eine kleine, fast angenehme Gänsehaut und ist froh, in der warmen Stube zu sitzen, abgeschirmt und unberührt von den Gräueln dieser Welt, die uns pünktlich zum Abendessen via Bildschirm serviert werden.

Man empört sich, zeigt seinen Gerechtigkeitssinn und betont seine Gesetzestreue – und hat bis zum Nachtisch längst alles wieder vergessen. Spinat und Spiegeleier sind wichtiger als das Leben da draußen, als die Probleme der nächsten Nachbarn und noch wichtiger als das Unglück irgendwo in der Welt. Die Verzweiflung der Betroffenen – wer spürt sie schon?

Nina Wenzel war neunzehn Jahre alt, als sie starb. Hätte man ihren Tod verhindern können?

Stiefmütterchen

„Mike, wir wollen Eis essen. Kommt ihr mit?", schallte Gero Wenzels Stimme durch das Telefon.

„Klar. Keine schlechte Idee", erwiderte Mike erfreut. „Fahren wir nach O.? Im 'Dolo' gibt es immer noch das beste Eis!"

„Das ist doch viel zu weit", wehrte Gero hastig ab. Die Eisdiele in der Nähe hätte seiner Meinung nach ausgereicht.

Doch Mike ließ sich nicht beirren. „Wenn schon Eis, dann muss es schmecken. Mach dir um die Fahrerei keine Gedanken. Wir nehmen unser Auto; da ist noch genug Benzin drin."

Und sie fuhren. Vier Freunde. Und sie lachten, nein, kicherten, alberten herum und benahmen sich so ausgelassen und glücklich wie kleine Kinder.

Es war ein scheinbares, allzu vergängliches Glück ...

In O. machten sie einen Spaziergang, einen richtig schönen kleinen Stadtbummel, wie Katja und Nina ihn liebten, ehe sie in die Eisdiele gingen.

Katjas Herzklopfen hatte nachgelassen, ihre Ausgelassenheit gewann an Natürlichkeit, war nicht mehr Nenè zuliebe gespielt. Sie hatte immer Angst vor solchen gemeinsamen Unternehmungen, weil sie nie wusste, was auf sie zukam. Gero war so unberechenbar. Zu oft schon war die anfängliche Harmonie bösem Streit gewichen.

Aber heute schien er einigermaßen gutgelaunt und benahm sich fast normal. Und Nina strahlte. Nur das war für Katja in diesem Moment wichtig.

Sie genossen den herrlichen Abend. Das Eis schmeckte ausgezeichnet, der Espresso war heiß und gut, und am klaren Himmel konnte man die Sterne zählen.

Seltenes Glück pur.

„Wisst ihr, wie guter Kaffee sein muss?", fragte Katja und zählte lachend auf: „Schwarz wie der Teufel, heiß wie die Hölle, rein wie ein Engel und süß wie die Liebe!"

Schallendes Gelächter antwortete ihr.

„Also, mir reicht es, wenn ich ihn in der Tasse habe", meinte Gero herablassend.

„Von mir aus könnten die Tassen ruhig größer sein", erwiderte Mike bedauernd. „So ein Minitropfen von dem guten Zeug ist eben einfach zu wenig." Normalerweise trank er seinen Kaffee nur aus großen Bechern – der Menge wegen.

„Du bist eben eine wandelnde Kaffeekanne", stellte Katja fest und zwinkerte ihrer Freundin zu.

Sie bezahlten und verließen die Eisdiele.

Katja erinnerte sich an das Versprechen, das Gero im Überschwang leichtsinnig gegeben hatte. „Sag mal, Gero, wo bleiben eigentlich die Blumen, die du uns schenken wolltest?"

Katja und Nina fassten sich an den Händen, tanzten um Mike und Gero herum und sangen lauthals: „Wir wollen Blumen haben! Wir gehen nicht – wir gehen nicht – wir gehen nicht nach Haus'! Wir wollen Blumen haben!"

Gero wurde wütend und schob die beiden mit einer brutalen Geste auseinander. „Klaut euch doch welche", knurrte er.

Nina und Katja hatten den Stoss weggesteckt, als wäre gar nichts geschehen. Sie wollten sich ihre gute Laune nicht nehmen lassen. Lachend stoben sie davon, rannten um die nächste Ecke und ließen sich auch von dem besorgten Blick Mikes nicht zurückhalten.

Plötzlich entdeckten sie mehrere große Blumenbeete mit Stiefmütterchen, von Stadtgärtnern einheitlich gepflegt. Abrupt blieben sie stehen, sahen sich an und riefen wie aus einem Mund: „Ich will Stiefmütterchen haben!"

Kichernd hockten sie sich hin und begannen, die Blumen zu pflücken. Mike und Gero sahen ihnen eine Weile grinsend zu, bis Mike missbilligend den Kopf schüttelte.

„Darf ich euch darauf aufmerksam machen, dass diese Blumen vor der Polizeiwache stehen?", meinte er ruhig.

Mit einem Aufschrei wie aus einer Kehle sprangen Katja und Nina auf und stürmten zum Auto zurück. Aufatmend ließen sie sich in die Sitze fallen. Die geklauten Stiefmütterchen sahen schon ein bisschen mitgenommen aus. Dennoch betrachteten die Blumendiebinnen die zerrupften Blüten mit einem gewissen Stolz.

Nina stöhnte genüsslich. „War das nicht herrlich?"

„Ja, herrlich albern", erwiderte Katja vergnügt.

„Wenn man uns erwischt hätte …", setzte Nina hinzu. Sie kuschelte sich noch tiefer in die Autositze.

Friedlich fuhren sie nach Hause. An diesem Abend gab es keinen Streit, und Katja atmete auf, als sie neben ihrem Mann im Bett lag. Sie wünschte sich, dass es immer so sein würde.

Doch nur noch wenige glückliche Abende folgten diesem. Sie wurden zu einer wehmütigen, lieben Erinnerung, nicht wiederholbar …

Nina und Gero

Sie stammte aus einer einfachen, aber sehr ordentlichen Familie. Der Vater war Arbeiter. Einer von denen, die sich durch ihren Fleiß und ihre Unauffälligkeit auszeichneten. Die Mutter war eine familienbewusste Frau, die darauf bedacht war, dass ihre Kinder etwas lernten. Die höhere Schule, wie sie es nannte, kam zwar nicht infrage, aber einen anständigen Beruf sollten sie haben, etwas werden.

Die Familie Langner war eine zufriedene, kleinbürgerliche Familie, aus der zu aller Entsetzen die Jüngste, Nina, plötzlich ausbrach.

Wie schockiert musste Hilde Langner gewesen sein, als sie erfuhr, dass die Vierzehnjährige einen Freund hatte! Und dann auch noch *so* einen! Einen, den die Eltern niemals akzeptieren konnten. Mit wie viel Hilflosigkeit und Verzweiflung mochten sie diesem „Problem" begegnet sein, das sie nicht zu lösen in der Lage waren? Ihre Appelle an die minderjährige Tochter verhallten. Verbote und Strafandrohungen nutzten nichts.

Nina betete ihren Freund an. Für sie war der achtzehnjährige Gero mit der mattblonden Schmachtlocke und den zwingenden grauen Augen der einzige Mensch, für den sich ihr bisher langweiliges Jungmädchenleben lohnte. Er war die Erfüllung ihrer heimlichen Sehnsüchte, ein Stück Freiheit, ein Stück herrliches, wildes Leben, weit weg von jenem langweiligen, das ihre Eltern führten.

Gero Wenzel kam aus einer mehr als einfachen Familie. Er war ohne Schulabschluss und hatte nie Interesse daran gezeigt, etwas zu lernen, weiterzukommen. Er galt als arbeitsscheu, und man sagte ihm ein gewisses Maß an krimineller Energie nach. Vorerst noch hinter vorgehaltener Hand.

Als Chef einer Rockerbande fühlte er sich stark. Er übte gern Macht aus, und wer nicht gehorchte, machte Bekanntschaft mit seiner Brutalität. Dass er Automaten knackte, sah er eher als Zeitvertreib denn als Straftat, schließlich war er bisher noch nicht damit aufgefallen.

Nina wollte gar nicht wissen, was er tat oder woher seine Geschenke für sie stammten. Ihr imponierten seine Kraft und seine Macht, sein Machogehabe und seine plötzliche wilde Zärtlichkeit, mit der er sie meist zu unerwarteter Zeit regelrecht überschüttete.

Dass sie nicht die einzige war, die seine Gunst genoss, blieb ihr lange Zeit verborgen. Je älter Nina wurde, desto jünger wurden die Mädchen, mit denen sie Gero teilen musste.

Das Leben im Hause der Langners war längst nicht mehr so friedlich wie einst. Täglich musste sich Nina anhören, wie ungehörig sie sich benahm und wie unerhört schlecht dieser Gero, dieser faule Hund, war. Jede Moralpredigt verfehlte jedoch ihr Ziel. Alles führte nur dazu, dass sie sich noch mehr Gero zuwandte und ihn mit aller Kraft verteidigte.

Eines Tages lernte Nina die Freundin von Geros Arbeitskollegen Mike kennen. Sie schloss sich sofort eng an die ein paar Jahre ältere Katja Preuß an. Es dauerte nicht lange, bis die beiden gute Freundinnen wurden und alle großen und kleinen Geheimnisse miteinander teilten, auch wenn Katja vom ersten Tag an versuchte, ihrer neuen Freundin diesen grässlichen Gero auszureden.

In der ersten Zeit dieser Freundschaft hörten Mike und Katja immer wieder von Freunden und Verwandten, wie wenig Georg Wenzel in ihren Freundeskreis passte. Es fiel ihnen nicht leicht, zu dieser Freundschaft zu stehen. Mike und Katja hatten jedoch das Gefühl, dass sie sich um Nina kümmern mussten. Für sie nahmen sie die Missbilligung der Eltern Preuß und Georgi in Kauf. Vor allem Katjas Mutter zeigte sich entsetzt, als sie Gero Wenzel kennen lernte.

Nach anfänglichem Misstrauen nahm auch Hilde Langner diese neue Freundschaft ihrer Tochter hin, hoffte sie doch, dass es Katja gelang, Nina von noch größeren Dummheiten – wie sie es nannte – zu bewahren.

Doch es war längst zu spät. Nina erwartete ein Baby, Geros Baby. Wie und wo es geschehen war, erfuhr zunächst keiner. Nina bockte. Sie weigerte sich, auch nur ein einziges Wort dazu zu sagen. Sie wollte Gero heiraten. Für sie war der Vater ihres Kindes auch der Mann fürs Leben, was immer die anderen sagen mochten.

Katja redete hartnäckig auf die Freundin ein, um Nina wenigstens von ihrem Heiratswunsch abzubringen, der den Freunden nicht weniger töricht erschien als der Familie Langner. Doch sie stieß auf taube Ohren.

Nina blieb standhaft und schlug jeden guten Rat in den Wind. Ihr heiß geliebter Gero sollte endlich ihr gehören, ihr allein. Sie war keinem noch so vernünftigen Argument zugänglich, wollte ihn nicht mehr teilen, weder mit seinen Rockern noch mit irgendeinem Mädchen, das sie nicht kannte, von dem sie bisher nur ahnte. Mit ihrer Schwangerschaft glaubte sie, das allein seligmachende und zwingende Mittel zu haben, Gero an sich zu binden, ihn zu ändern.

Als ihre Eltern ihr die Hochzeit kurzerhand verbieten wollten, drohte Nina: „Entweder ich heirate Gero oder ich springe aus dem Fenster!"

Wie sehr Gero zur Heirat gezwungen wurde, zeigte der Ausspruch des alten Herrn Wenzel: „Du hast dem Mädel das Kind gemacht. Also sei ein einziges Mal ein Mann, ziehe die Konsequenzen und stehe dazu!"

Gero wehrte sich erbittert: „Das kannst du nicht verlangen! Ich kann doch nicht ein Leben lang …"

„Entweder du heiratest das Mädel oder du fliegst hier raus", unterbrach Vater Wenzel seinen Sohn hart. „Dies war immer ein anständiges Haus! Was sollen denn die Leute sagen? Wie steht Mutter da?"

Vor nichts hatte Gero mehr Angst als davor, für sich selbst sorgen zu müssen. Dazu war er nicht fähig. Sein Leben lang hatte er nach der bequemsten Möglichkeit für sich und seine meist unbrauchbaren und nur selten umsetzbaren Ideen gesucht. Und für seine ungesetzlichen Aktionen benötigte er zumindest eine Art Zuhause. Wenn seine Eltern ihn hinauswarfen, musste er zwangsläufig untergehen.

Gero beugte sich also missmutig der Anordnung seines Vaters in der Hoffnung, sein Leben an Ninas Seite so einrichten zu können, dass sich für ihn kaum etwas änderte. Er hielt die Kleine, wie er sie abschätzig nannte, für manipulierbar und dumm. Dass er mit der Heirat auch Verantwortung übernehmen musste, darüber dachte er nicht nach.

Auch Familie Langner gab nach. Schließlich wollte sie ihre Tochter nicht verlieren.

Die Hochzeit wurde rasch vorbereitet und im kleinsten Kreis gefeiert. Katja und Mike nahmen nicht daran teil. Sie hätten sich für diesen Tag Urlaub nehmen müssen, und das war ihnen nicht möglich. In Gedanken waren sie bei Nina, und Katja hoffte von ganzem Herzen, dass sie im letzten Moment zu Verstand kam und vor dem Standesbeamten nein sagte.

Doch Nina Langner sagte ja.

Und so nahm das Verhängnis seinen Lauf, ein unbegreifliches Schicksal, das über die Beteiligten hinwegrauschte wie ein Orkan und ihr Leben unwiederbringlich veränderte, ein Schicksal, das ein Leben nahm und in vielen etwas zerstörte …

Katja würde sich noch nach Jahren nur eine Frage stellen: Warum war niemand in der Lage gewesen, diese Hochzeit zu verhindern? Nina könnte noch leben …

Kinderehe

Nina war stolz, den Namen Wenzel zu tragen. Sie liebte ihren Mann abgöttisch und erhoffte sich von ihrer Ehe alle Seligkeit auf Erden.

Sie war fraulicher geworden, die Schwangerschaft stand ihr gut, sie blühte auf. Ihr Zustand verschaffte ihr auch einen gewissen Respekt. Sogar bei ihrem Mann.

Gero bemühte sich, seine Eskapaden zu verheimlichen. Wenn er allerdings betrunken nach Hause kam, verletzte er Nina mit seiner rüden Art zutiefst – vorerst noch verbal. Dann weinte sie sich in den Schlaf.

Am nächsten Morgen glaubte sie schon wieder fest daran, dass Gero sich eines Tages änderte.

Eines fernen Tages ...

Katja und Mike hofften ebenfalls – mit und für Nina. Sie blieben jedoch misstrauisch.

Nachdem Katja ihn darauf aufmerksam gemacht hatte, stellte Mike nach und nach an Geros Verhalten einiges fest, was ihn störte. Zu oft waren die Freunde nun zusammen, und Gero war ein zu schlechter Schauspieler. Selten behielt er seine Meinung für sich, ob sie nun gefragt war oder nicht. Wenn die anderen ihm nicht zustimmten, sprang er oft wutentbrannt auf, rannte davon und betrank sich.

Als Patrick geboren war, sah Gero keinen Grund mehr, Rücksicht zu nehmen. Hin und wieder nahm er es fast gnädig hin, dass Mike ihm ins Gewissen redete. Aber es half nichts. Gero hörte einfach weg, hob höchstens die Schultern und griff nach der nächsten Bierflasche. Er zeigte sehr deutlich, wie gleichgültig ihm seine Ehe war. Längst arbeiteten er und Mike nicht mehr in derselben Firma, und so erfuhr niemand, wie oft er ohne jede Entschuldigung der Arbeit fernblieb.

Nina litt unsagbar unter Geros Brutalität und Eifersucht. Er behandelte sie wie ein Stück aus seinem Eigentum, wie Ware, die er gekauft und an der er jedes Interesse verloren hatte. Sexuell reizte sie ihn schon lange nicht mehr, da er sie ja besaß.

Es machte ihm Spaß, sie zu quälen, sie zu benutzen. Gero hatte seine sadistische Ader entdeckt und lebte sie voll aus. Wann er seine Frau zum ersten Mal schlug, verriet Nina nie. Es dauerte sehr lange, bis sie Katja, die sich so sehr sorgte, ihre Eheprobleme anvertraute.

Immer wieder warf Gero ihr vor, dass sie selbst die Ehe erzwungen hatte. Er hatte nicht gewollt und würde auch niemals wollen, und heute weniger denn je.

„Nochmals könntest du mich nicht kriegen!", schloss er meistens lautstark. „Nutten wie dich kann ich billiger haben!"

War Nina bis dahin noch nicht in Tränen aufgelöst, fand er neue Beschimpfungen, die sie bis ins Innerste trafen. Mit jedem Tag wurden die Demütigungen unerträglicher.

Dennoch klagte sie in der ersten Zeit ihrer Ehe nie. Sie war gefangen in ihren Gefühlen und nicht fähig, die Hoffnung zu begraben ...

Gero würde sich ändern. Gero musste sich ändern! Sie liebte ihn doch!

Liebte sie ihn wirklich noch?

Gero beschimpfte und verhöhnte Nina, wann immer sich eine Möglichkeit bot. Rücksichtslos gestand er seine Untreue ein, prahlte sogar damit. Und seine Arbeit ... es gab ja noch andere Arten, zu Geld zu kommen, nicht wahr?

Nina verlegte sich aufs Bitten. Es war sicher nur die schlechte Gesellschaft, in die Gero geraten war.

„Wir brauchen dich, Gero", sagte sie zaghaft. „Patrick und ich ..."

Er reagierte nicht darauf.

Als sie eines Tages nicht mehr wusste, wie es weitergehen sollte, versuchte sie, sich Rat und Zuspruch bei ihrer Mutter zu holen. Aber Hilde Langner war immer noch viel zu verbittert, um zu erkennen, in welcher Not Nina sich befand und wie schlimm es bereits um die junge Ehe stand.

„Du hast ihn doch gewollt!", wehrte sie hart ab. „Wir haben dich gewarnt. Ich verstehe nicht, wieso du nun ausgerechnet zu mir kommst."

„Aber Mama!" Nina verstand die Welt nicht mehr. Statt Hilfe erwartete sie im Elternhaus ein immer wiederkehrender Vorwurf und eisige Ablehnung.

„Sieh dir mal deine Freundin an", hielt Frau Langner ihr vor. „Katja ist mittlerweile verlobt. Da ist alles in Ordnung. Mike hat sich weitergebildet und ist fleißig. Der kommt wenigstens voran. Bei den beiden ist alles sauber und geradeaus."

„Geradeaus, geradeaus!", wiederholte Nina unbeherrscht. „Meinst du, mir wäre das nicht auch lieber? Aber das interessiert dich ja nicht! Du kümmerst dich doch nur um das, was die Nachbarn sagen! Außer Katja habe ich niemanden, mit dem ich überhaupt noch reden kann. Findest du das richtig?"

Hilde Langner presste verärgert die Lippen zusammen. Nein, sie konnte ihre Tochter nicht verstehen. „Du hast dir deine Situation selbst zuzuschreiben und solltest dankbar sein, dass jemand wie Katja überhaupt noch zu dir hält!"

Verzweifelt kehrte Nina in ihre Wohnung zurück. Sie hatte das Gefühl, etwas verloren zu haben. Nie wieder würde sie mit ihren Problemen zu ihrer Mutter gehen können, und das tat verflixt weh.

Trotz ihrer Verbitterung kehrte Nina so oft, wie es ihr gelang, sich aus den Zwängen ihrer Ehe davon zu stehlen, in ihr Elternhaus zurück. Es waren Besuche in einer scheinbar friedlichen Welt, einer Welt, die längst nicht mehr die ihre war, in der sie nicht einmal über ihr Leid sprechen konnte. Die Stunden in ihrem Elternhaus waren ein kurzer Moment der Erholung, mehr nicht.

Nina stumpfte ab. Zuerst schrie sie noch zurück, wenn Gero ihr die schlimmsten Schimpfworte an den Kopf warf. Sie tobte und war versucht, ihm Teller und Töpfe vor die Füße zu schmeißen.

Gero hatte daran sein helles Vergnügen und schürte ihre Wut geradezu. Er legte es darauf an, Nina zum Schreien zu bringen, und konnte nicht begreifen, als es eines Tages nicht mehr klappte.

Nina war in die Phase des Schweigens verfallen. Sie schwieg zu seiner Sauferei, sie schwieg zu seiner Untreue, dem Wegbleiben bei Nacht, sie schwieg zu seinen Beschimpfungen. Sie schwieg Gero Wenzel an.

Bereits nach wenigen Tagen hatte Gero ein neues Mittel entdeckt, um Nina zu quälen. Er wusste, dass sie ihren kleinen Sohn unendlich liebte. Niemals hätte sie zugelassen, dass Gero auch nur die Hand gegen ihn hob.

Da sie auf seine Beleidigungen und Wutausbrüche nicht mehr reagierte, benutzte Gero seinen Sohn als Waffe. Dass er plötzlich die Vaterschaft abstritt, berührte sie kaum. Doch seine brutalen Drohungen, die er wahrscheinlich, nein, hoffentlich nie wahr gemacht hätte, brachten sie schier zur Verzweiflung.

„Ich setze Patrick auf die heiße Herdplatte!"

„Ich klatsch' ihn an die Wand!"

„Ich schmeiß' ihn aus dem Fenster!"

Da verlor Nina endgültig die Fassung, und bei Katjas nächstem Besuch weinte sie sich bei der Freundin aus.

Katja und Mike hatten inzwischen geheiratet – eine Hochzeit, bei der Nina viele Tränen vergossen hatte, Tränen um ihr eigenes verlorenes Glück. Das junge Paar war nach K. gezogen, kümmerte sich dennoch regelmäßig um die Freundin. Auch Katja und Mike waren davon überzeugt, dass Gero in schlechte Gesellschaft geraten war.

„In hundsmiserable", hatte Mike zähneknirschend festgestellt.

Wenn aus Ninas angeschlagener Ehe überhaupt noch etwas werden sollte, musste die kleine Familie aus der Umgebung heraus, in der sie jetzt wohnte.

Nina begriff sofort, was Katja und Mike meinten. Weg von hier, weg aus dieser Wohnung! Woanders einen neuen Anfang machen, ganz von vorn beginnen!

Selbst Gero ließ sich von der Idee begeistern, dass er am liebsten auf der Stelle umgezogen wäre. In einer neuen Wohnung hatte Nina so viel zu tun, dass sie sich kaum um ihn kümmern konnte. Er würde also noch mehr Zeit für seine diversen Geschäfte und natürlich auch für seine ständig wechselnden Liebschaften haben. Er würde freier sein. Das ließ er Mike wissen.

Die Wohnungssuche selbst überließ Gero allerdings den anderen. Warum sollte er sich auch bemühen? Mit Katjas Hilfe hatten sie es bald geschafft, trotz aller Schwierigkeiten eine Wohnung zu finden.

Doch nun weigerte sich Gero, nach K. zu ziehen. Und dann auch noch in die Nähe von Katja und Mike!

„Ich brauche keinen Aufpasser!", tobte er. „Die sollen sich doch um ihren eigenen Scheiß kümmern!"

„Du brauchst vielleicht keinen Aufpasser", redete Katja auf ihn ein. „Aber denk auch mal an mich! Ich hätte gern meine Freundin in der Nähe. Wer soll denn sonst die Telefonrechnungen bezahlen?"

Mike schilderte nun die Vorteile der neuen Wohnung in so schillernden Farben, dass es ihm damit sogar gelang, Gero zu überzeugen. Maulend und schimpfend gab er nach.

Als Gero den Mietvertrag unterschrieb, achtete er darauf, dass nur sein Name auf dem Dokument stand. Wenn schon, dann sollte ihm die Wohnung allein gehören. Nina sollte keinen Anteil daran haben.

Gemeinsam packten die Freunde den wenigen Hausrat ein und verluden Möbel, Kisten und Koffer auf einen Mietwagen. Und weil der des Geldes wegen zu klein war, mussten sie mehrmals fahren, bis die gesamte Wohnungseinrichtung ihren Bestimmungsort erreicht hatte.

Unter Ninas geschickten Händen wurde aus der netten kleinen Neubauwohnung schon bald ein richtiges Schmuckstück, das Nina sich mit aller Macht zu erhalten suchte, wie schwer Gero es ihr auch machte.

Für Katja und Nina begann ein schönes, aber gleichzeitig auch entsetzliches Jahr. Der Countdown zum Ende hatte begonnen.

Patrick

„Das ist nicht mein Kind! Wer weiß, welcher Kerl das gemacht hat! Vielleicht war´s ja der Briefträger!" Geros lachte schäbig. „Oder sonst wer. Einen Gasmann haben wir ja nicht!"

Nina war blass geworden. Sie nahm sich sehr zusammen, um ruhig und leise zu sprechen. Doch dann wurde ihre Stimme laut und schrill.

„Du kannst nicht leugnen, dass Patrick dein Sohn ist, du nicht! Und irgendwann, eines Tages, schreie ich es heraus, wann und wie und wo du es gemacht hast! Alle sollen es wissen, alle sollen wissen, was du für ein brutales Schwein bist!"

Als Nina schluchzend aus dem Zimmer rannte, folgte Gero ihr bis zur Tür und schrie ihr ein paar besonders unflätige Schimpfworte hinterher. Grinsend warf er die Tür ins Schloss. Er hatte ein teuflisches Vergnügen an der Szene und zeigte sogar so etwas wie Stolz. In einem Anflug von Kameradschaftlichkeit schlug er Mike auf die Schulter.

„Sicher war ich's!", gab er angeberisch bekannt. „Das kann wohl niemand so bestimmt von sich behaupten. Das bringt doch sonst kei-

ner. Beim Fahren! Sie hat es ja so gewollt. So bei Tempo 80 oder 100." Er räkelte sich wohlig in den Polstern und blickte die Freunde herausfordernd an.

Katja schüttelte sich. Am liebsten wäre sie davongelaufen. „Du bist ein Ekel, Gero. Nein, du bist viel schlimmer! Für so viel Widerlichkeit gibt es überhaupt keinen Ausdruck!"

Sie ging zu Nina ins Schlafzimmer. Dass Gero sie als „Blöde Kuh" beschimpfte, hörte sie zum Glück nicht mehr. –

Nina lag auf ihrem Bett und schluchzte verzweifelt in die Kissen. Als sie Katja bemerkte, setzte sie sich auf. Mit zitternden Fingern versuchte sie, sich die Nase zu putzen. Ihr Gesicht war nass von den Tränen, die immer weiter flossen.

„Bitte, Katja, schließ die Tür ab. Ich kann ihn jetzt nicht sehen! Ich kann ihn einfach nicht mehr ertragen!"

Katja drehte leise den Schlüssel um, setzte sich zu Nina und nahm sie in den Arm. Eine Zeitlang saßen sie eng umschlungen und schweigend da.

„Ich will dir sagen, wie es wirklich war", erklang plötzlich Ninas Stimme, leise, tonlos.

„Das brauchst du nicht, Nenè", gab Katja liebevoll zurück. Sie hatte keine Ahnung, wie sie die Freundin trösten sollte. „Wozu? Es ist doch vorbei. Denk nicht mehr daran!"

Ninas Augen blitzten. „Immer wenn ich Patrick sehe, denke ich daran. Jeder Tag erinnert mich aufs Neue an meine Dummheit! Jetzt muss es einmal raus! Einer soll wenigstens da sein, der die Wahrheit weiß. Ich will nicht mehr allein sein! Katja, ich kann damit nicht leben!" Sie klammerte sich fest an Katjas Arm. „Du bist doch meine Freundin? Du bist die Einzige, die ich habe!"

Katja streichelte sie sanft. „Wenn du es loswerden willst, rede. Ich höre dir zu."

Nina versteifte sich. Dann holte sie tief Luft. Es war zu spüren, wie viel Überwindung es sie kostete, das schreckliche Geschehen von damals in Worte zu fassen. Mit unbewegtem Gesicht und völlig emotionslos begann sie ihren Bericht.

„Es war im Wald. Sonntags. Wir fuhren spazieren. Er sprach davon. Es waren keine schönen Worte, die er benutzte. Da war nichts *von Romantik oder wirklichem Gefühl. Er hörte gar nicht mehr auf zu reden und machte mir Angst. Ich wollte nichts davon wissen. Das erste Mal hatte ich mir ganz anders vorgestellt. Dass ich nicht wollte, machte ihn erst recht heiß. Er wurde immer ordinärer. Je heftiger ich mich wehrte, desto mehr geilte er sich allein an der Vorstellung auf, wie es wohl sein würde. Das Auto stand auf einem Parkplatz, und wir gingen einen ziemlich einsamen Waldweg entlang. Weglaufen konnte ich nicht. Aber ich glaubte nicht, dass er es wahr machte. Immerhin konnten wir ja anderen Spaziergängern begegnen. Doch gerade das schien ihn besonders anzumachen. Plötzlich hat er mich dann mit Gewalt gegen einen Baum gedrückt. Er zerrte an meinen Kleidern und ... Es war entsetzlich. Ich konnte nicht einmal schreien. Den Rest kannst du dir denken."*

Katja schwieg.
Er hatte sie vergewaltigt

Der Weg zum Ende

Dass diese Ehe nicht gut gehen konnte, hatte jeder halbwegs vernünftige Mensch voraussehen können. Doch solchen Gedanken verschloss sich Nina konsequent.

Eltern und Schwiegereltern schwiegen vorwurfsvoll.

Ihre Eltern, weil die Tochter nicht auf sie gehört hatte. Jetzt musste sie eben auslöffeln, was sie sich eingebrockt hatte, auch wenn es niemandem gefiel. Schließlich war Nina mit dem Kerl verheiratet, und sie hatten ein Kind ...

Die Eltern Geros, weil ja eigentlich alles seine Ordnung gehabt hätte, wenn Nina ihrem Gero auch eine liebevolle Ehefrau gewesen wäre. Seine Seitensprünge ... Nun ja, Gero war eben ein Mann ... Es war Ninas verdammte Pflicht, ihren Mann dennoch zu lieben.

Warum merkte keiner der Eltern, dass Nina genau das tat? Aber all ihre Versuche, ihrem Wunsch nach Liebe und Zärtlichkeit Ausdruck zu geben, scheiterten an der Boshaftigkeit, der Ablehnung und der Eiseskälte ihres Mannes.

Gero war nur noch wütend. Er fühlte sich übertölpelt, von Eltern und Schwiegereltern unter Druck gesetzt und von den Freunden vorgeführt. Dass er selbst diese Situation heraufbeschworen hatte, sah er nicht ein. Schuld waren immer nur die anderen – seiner Meinung nach. Und nur die galt.

Gero ging fremd, blieb unentschuldigt seiner Arbeitsstelle fern und verbrachte die Zeit lieber mit zweifelhaften Gestalten, die ihn mehr als einmal zu Straftaten animierten.

Nina ahnte zwar, dass Gero immer wieder gegen das eine oder andere Gesetz verstieß, aber was er genau tat, wenn er für Stunden verschwand, wusste sie nicht.

Und sie wollte es nicht wissen, fragte ihn nicht danach, sondern hoffte immer noch auf das Wunder der Besserung und der Erfüllung ihrer Sehnsüchte.

Doch nichts dergleichen geschah.

Geros Benehmen verschlimmerte sich zusehends. Seine Rücksichtslosigkeit, seine Brutalität und seine Gemeinheiten nahmen beängstigende Formen an. Wehrte sich Nina zu Anfang noch, so nahm sie später alles mit einer Gleichgültigkeit hin, die schon fast an einen Märtyrer erinnerte. Eine Rolle, die sie bis ans Ende ihres Lebens beibehielt.

Sie hatte sich völlig aufgegeben und lebte nur noch für ihren Sohn. Die Hilfsangebote ihrer Freunde lehnte sie ab. Von ihren Eltern hatte sie außer Vorwürfen nichts zu erwarten.

Ihr Mann nahm sich, was er brauchte, gleichgültig ob es sich um Geld oder Mädchen handelte. Der Sex hatte bei ihm einen ebenso hohen Stellenwert wie Alkohol und Nikotin. Ihn interessierten weder die Kosten des Haushaltes, der Hunger seines Sohnes noch die Gefühle seiner Frau.

Wichtig waren nur sein Bier, seine Zigaretten und sein Auto, das er zum Erstaunen seiner Nachbarn hingebungsvoll pflegte. Eine beachtliche Leistung für einen Mann, der als Ausbund der Faulheit galt.

Er war äußerst erfindungsreich, was die Erfüllung seiner Wünsche anging. Selbst wenn Nina das mühsam erkämpfte Haushaltsgeld versteckte, dauerte es nicht lange, bis Gero es fand und wieder an sich brachte. Sollte sie doch sehen, wo sie blieb!

Nina begann, halbtags zu arbeiten. Sie fand eine gute Stelle in einem Schuhgeschäft in K., wo ihr die Arbeit Spaß machte und wo sie sich wohl fühlte. Bei den Kollegen war sie beliebt, und ihr Chef war sehr zufrieden mit ihr.

Jetzt hätte es bergauf gehen können, hätte Gero endlich einmal seine Pflichten ernst genommen und seinen Sohn versorgt, während Nina arbeitete. Vielleicht hätte er dann erkannt, was er an seiner Frau hatte.

Gero arbeitete in zwei Schichten, so dass Patrick nie allein zu sein brauchte, da Nina ihre Arbeit entsprechend einteilen konnte. Dennoch wurde sie schon bald von einer Nachbarin darauf aufmerksam gemacht, dass sie besser für ihr Kind sorgen sollte. Man konnte eben nicht arbeiten gehen, wenn keiner für den Kleinen da war. Der Junge schrie so oft, wenn die Mama arbeitete. Eigentlich hatte man Nina anders eingeschätzt.

„Lassen Sie das Kind etwa ganz allein in der Wohnung?"

Erschrocken wehrte Nina ab. „Nein, nein, niemals! Mein Mann kümmert sich um unseren Sohn ..."

Die Nachbarin warf ihr einen bedauernden Blick zu, zuckte die Schultern und ging eilig weiter.

Nina begriff, dass sie ihrem Mann das Kind nicht anvertrauen konnte, und sie schämte sich entsetzlich. Sie wusste aber auch, dass sie mit Gero nicht darüber sprechen durfte, wollte sie keinen Streit provozieren, der garantiert wieder mit Prügel für sie endete. Das bedeutete jedoch, dass sie ihre schöne Stelle aufgeben musste. Das Geld fehlte an allen Ecken und Enden. Gero hatte es fleißig mitverbraucht und war empört, dass er keinen Pfennig mehr zusätzlich in die Finger bekam.

„Nicht einmal das kriegst du in den Griff, du faules Aas", schrie er. „Rausgeschmissen haben sie dich! Und wer leidet drunter? Ich!"

Nina antwortete ihm nicht. Was hätte sie auch sagen sollen?

Sie ahnte nicht, dass Gero bereits fristlos entlassen worden war, und war sehr erschrocken, als sie davon erfuhr. Er hatte zu oft geschwänzt und Fragen deshalb entweder gar nicht oder überaus aufsässig beantwortet.

Er hatte schließlich Besseres zu tun, behauptete er. Was es war, behielt er vorsichtshalber für sich.

Mike und Katja fühlten sich hilflos. Gern hätten sie mehr für Nina getan. Aber was half der Freundin wirklich – abgesehen von der Trennung von Gero?

Und dazu war Nina noch immer nicht bereit. Zäh kämpfte sie um die Verwirklichung ihres Traumes, von dem sie längst wusste, dass er an der Seite von Gero nur ein Traum bleiben konnte.

Zuerst aber galt es, Gero von der Strasse zu holen. Mit viel Mühe und der tatkräftigen Hilfe der Freunde fand Gero eine neue Stelle in K., was ihm gar nicht schmeckte, da er lieber ein paar Aufgaben für seine neuen Freunde erledigen wollte. Freunde, die weder Nina noch die Georgis je zu Gesicht bekamen.

Auch für Nina fand sich in der Nähe ihrer Wohnung ein Arbeitsplatz. Stundenweise half sie an der Obsttheke eines Selbstbedienungsladens aus. Bei dieser Arbeit blieb ihr genügend Zeit, ihren Sohn zu beaufsichtigen.

Eines Tages stellte Katja fest, dass Nina kaum mehr aß als das, was an der Obsttheke abfiel. Mit sanfter Gewalt zwang sie die Freundin, mit Patrick bei ihr zu Abend zu essen. Nicht nur einmal, sondern immer wieder und zum Schluss ganz regelmäßig. Dennoch magerte Nina in erschreckender Weise ab.

Nach und nach erfuhr Katja, was Nenè alles ertragen musste.

Gero gab seiner Frau nur noch das allernötigste an Geld, damit sie für Patrick einkaufen konnte. Aber selbst davon stahl er heimlich einen Teil. Fehlten abends dann Bier und Zigaretten, setzte es Prügel. Gleichzeitig wuchs der Schuldenberg in Himmelshöhe, und Nina näherte sich dem Hungertod.

Da griff Mike ein. Noch einmal sprach er eindringlich mit Gero, und diesmal schien es sogar zu nützen.

Gero Wenzel wurde scheinbar häuslich. Nina bekam mehr Haushaltsgeld. Mike rechnete mit dem Freund die Schulden durch und machte mit ihm einen Plan, wie er am schnellsten damit fertig wurde. Und damit auch etwas Freude ins triste Sparleben kam, besuchten Gero und Nina gemeinsam mit ihren Freunden einen Tanzkurs, den sie von Ninas Verdienst bezahlten. Als sie ihren Aushilfsjob dann auch noch aufgab, schien Frieden einzukehren.

Die Stille vor dem Sturm ...

Nenè brauchte eine neue Aufgabe, eine, die es ihr erlaubte, zu Hause bei ihrem kleinen Sohn zu bleiben.

Katjas Arbeitskollegin, Cynthia Vermeer, war eine viel zu junge alleinerziehende Mutter, die dringend eine Dauerpflegestelle für ihren Sohn suchte. Katja machte die Siebzehnjährige mit Nina bekannt. Die beiden waren sich schnell einig. Katja sprach auch mit dem Jugendamt, mit dem sie Cynthias wegen schon einmal zu tun gehabt hatte. Gero zeigte sich von seiner besten Seite, und Patrick freute sich auf sein neues „Brüderchen".

Die blitzsaubere Wohnung und die gerade und offene Haltung Nina Wenzels gefiel auch der Dame vom Jugendamt. Katjas Fürsprache tat ein Übriges, und so konnte Nina schon wenige Tage später den kleinen Steffen zu sich nehmen.

Alle waren mit dieser Lösung einverstanden, brachte sie doch den Beteiligten nur Vorteile. Insbesondere Gero war zufrieden. Er hörte schon das Geld in der Kasse klingeln, Nina war noch gebundener, er dagegen noch freier. Dazu kam, dass die blonde Cynthia ihm ausgesprochen gut gefiel. Sie war sexy, hatte das Feuer, das Nina fehlte, und wusste sich jederzeit und überall in Szene zu setzen. Außerdem führte sie ein ähnlich flottes Leben wie er selbst.

Auch Cynthia fühlte sich erleichtert. Sie hing zwar mit leidenschaftlicher Liebe an Steffen, aber Kindererziehung war ihr ein Gräuel, empfand sie als Belastung. Steffen war mehr ihre Puppe, ein Spielzeug. Cynthia war kein schlechtes Mädchen, sie war nur zu jung an die falschen Freunde geraten und hatte nicht die richtige Hilfe von zu Hause erfahren. Auf gut Deutsch: Sie hatte sich in ein tiefes Dreckloch gesetzt, aus dem es für sie kaum ein Entkommen gab.

So wie Gero damals Nina für sich gewinnen konnte, so eroberte er jetzt auch Cynthia im Handumdrehen. Es war wohl sein manchmal abenteuerlich bis verwegenes Aussehen, auf das sie hereinfiel. Seinen miserablen Charakter erkannte sie nicht, wollte es vielleicht nicht oder war durch ihr eigenes Leben am Abgrund gar nicht mehr dazu in der Lage.

Cynthia gab die Schuld an der Misere im Hause Wenzel ausschließlich Nina. Die war ihr zu hausbacken, zu unmodern, zu langweilig, zu brav. Was Gero mit so einem dummen Schaf wollte, war ihr zu hoch.

Gero genoss es, wenn Cynthia ihn anhimmelte, so wie es Katja entsetzte. Nina war es gleichgültig. Treue hatte ihr Mann nie gekannt. Warum sollte sie sich ausgerechnet jetzt aufregen, wo sie endlich begann, sich von ihm zu lösen und sich ein eigenes Leben aufzubauen?

An Ninas Gleichgültigkeit war zu ermessen, dass es nichts mehr gab, was diese Ehe hätte retten können. Gero und Nina – sie hatten niemals eine echte Chance gehabt.

Im August nahm Nina zusammen mit Katja an einem Schreibmaschinenkurs teil. Während des Winters wollten die Freundinnen gemeinsam pauken, damit Nina im nächsten Frühjahr auf eigenen Beinen stehen konnte.

Nun war es beschlossene Sache. Nina wollte sich scheiden lassen. Endgültig.

Sie hatte vor, ihren Sohn in eine Kindertagesstätte zu geben und sich eine Büroarbeit zu suchen. Ob sie ihr Leben lang die Schulden ihres Mannes abzahlen musste oder nicht, war ihr egal. Die Hauptsache war, sie war endlich frei und unabhängig und konnte mit ihrem Sohn in Frieden und ohne Angst leben. Sie würde erst glücklich sein, wenn sie Gero nicht mehr begegnen musste. Die ganze Aktion, wie sie es nannte, wollte sie heimlich und gründlich vorbereiten, damit sie nicht von heute auf morgen vor dem Nichts stand. Sie wollte ein Konto einrichten, das nur auf ihren Namen lief, im Dezember, damit bloß nichts von ihren Plänen zu früh herauskam. Irgendwie würde sie sicher eine kleine Wohnung finden. Alles, was ihr gehörte, wollte sie vorher schon so nach und nach heimlich in die Wohnung der Freunde bringen.

Gero durfte auf keinen Fall zu früh etwas von ihrem Entschluss erfahren. Er war imstande und hinderte Nina daran, weiter zu ihrem für sie lebenswichtigen Schreibmaschinenkurs zu gehen.

Die Freunde waren sich sicher, dass er alles daransetzen würde, um die Scheidung zu verhindern. Doch zusammen mit Mike und Katja fühlte sich Nina stark genug, sich dieses Mal weder von Geros falschen Versprechen einwickeln noch von seinen Drohungen einschüchtern zu lassen.

Nach dem letzten großen Streit vor Ninas Tod bot Katja ihr noch einmal an, mit Patrick zu ihr zu kommen und in das noch leere Kinderzimmer zu ziehen. Bei den Georgis waren die beiden unter diesen Umständen besser aufgehoben. Cynthia Vermeer würde bestimmt recht schnell eine andere Tagesmutter für ihren Sohn finden.

„Ich habe schreckliche Angst, dass wir dich eines Tages im Krankenhaus besuchen müssen", sorgte sie sich.

Nina lehnte ab. „Es ist wahnsinnig lieb von dir. Aber ich weiß, wo ich hingehöre. Meine Mutter hatte schon Recht. Ich habe mir Gero selbst ausgesucht. Jetzt muss ich sehen, wie ich mit ihm fertig werde. Auf ein halbes Jahr kommt es nun auch nicht mehr an. Im Januar reiche ich die Scheidung ein."

„Das ist alles gut und schön", entgegnete Katja. „Aber du musst diesen Weg nicht allein gehen. Wir sind Freunde, Nenè. Nimm die Hilfe an, die sich dir bietet. Du machst es nicht nur dir sondern uns allen damit leichter!"

Nina blieb jedoch bei ihrem Entschluss. Ihr mittlerweile hager gewordenes Gesicht strahlte sogar hoffnungsvoll. Und Katja waren die Hände gebunden. Sie konnte nichts tun, wenn Nina nicht wollte …

Wie wenig Nina mit ihrem Mann fertig wurde und wie sehr ihn alle unterschätzt hatten, bewies Gero bereits wenige Wochen später.

Niemand bekam mit, dass sich die Situation immer weiter zuspitzte. Am 20.September beendete Gero Wenzel brutal Ninas kurzes, trauriges Leben.

Illusionen

Illusionen -
bunte Bilder -
Träume von Glückseligkeit.

Illusionen,
die entschwinden,
sind schon lange weit - so weit.

Illusionen
weher Herzen -
Seelen, die zersplittert sind.

Illusionen -
wilde Hoffnung -
auch Erinnerung macht blind.

Illusionen,
die zerbrachen,
begraben, nicht vergessen sind.

Der letzte Tag

Schon am Wochenende ging es ihr nicht gut. Dann wurde es immer schlimmer. Am Dienstag ließ Katja schon um halb Elf ihre Arbeit im Büro im Stich – etwas, das bis dahin äußerst selten vorgekommen war. Sie fühlte sich nur noch elend, unfähig zu denken oder sich zu bewegen. Die Übelkeit rollte in Wellen über sie hinweg.

Zu gern hätte sie mit Nina darüber gesprochen, sich bei der Freundin Trost und Hilfe geholt. Aber das war nicht möglich. Sie wusste, dass Nenè auf „Großeinkauf" war. Das Jugendamt hatte nämlich das Pflegegeld für Steffen überwiesen.

„Davon lege ich einen Vorrat an", hatte Nina erzählt. „Am Monatsende ist immer weder Geld noch etwas zu Essen im Haus. Es muss mir einfach gelingen, diese schrecklichen Tage zu entschärfen. Vielleicht wird Gero dann auch ruhiger."

Ihrem Mann hatte Katja ihre Vermutung bisher verschwiegen. An diesem Abend wollte sie ihn damit überraschen. Doch bis dahin wurde ihr die Zeit lang, und sie rief Nina an.

„Nenè, es ist so weit!", hauchte sie in den Hörer. „Ich bekomme bestimmt ein Baby!"

Nina lachte. „Super! Aber bist du dir sicher?"

„Diesmal ja, mein Schatz", erwiderte Katja. „Mir geht es furchtbar schlecht. Bei dieser Art von Übelkeit ist eigentlich gar nichts anderes möglich. Wenn ich morgen bei meiner Ärztin war, komme ich zu dir!"

Am Mittwochmorgen genoss Katja ihre Übelkeit und ging stolz zu ihrer Ärztin.

Frau Dr. Berndt kannte Katja schon seit geraumer Zeit. Deshalb war auch sie der Meinung, dass die Übelkeit Anzeichen einer Schwangerschaft waren. Ihre allzu ungeduldige Patientin würde noch eine ganze lange Woche auf die Laborergebnisse warten müssen.

„Ein wenig Geduld werden Sie schon noch aufbringen müssen", meinte Frau Dr. Berndt und lächelte in Katjas glückliches Gesicht. „In einer Woche sind wir klüger. Solange bleiben Sie mit Ihrem niedrigen Blutdruck daheim und schonen sich."

Katja war selig. Endlich bekam sie ihr Baby! In etwa neun Monaten! Warum sich verstecken, bis sie ihren Mutterpass in der Hand hatte? Sie war von ihrer Schwangerschaft absolut überzeugt und hätte ihr Glück am liebsten herausgeschrieen.

Sie rannte den ganzen langen Weg von der Arztpraxis zurück und stand schon bald völlig außer Atem vor Nina.

Ihr strahlendes Lächeln verschwand jedoch sehr schnell aus ihrem Gesicht. Wie so oft war auch heute bei Nina „dicke Luft".

Gero tobte. Patrick rettete sich heulend zu Steffen ins Kinderzimmer. Nenès Gesicht hatte jede Farbe verloren und war maskenhaft starr.

Noch nie zuvor war Katja so schnell von ihrer rosaroten Glückswolke in die raue Wirklichkeit hinabgepurzelt wie heute.

„Was ist denn hier schon wieder los?", fragte sie entsetzt.

„Ach, verdammt noch mal!", brüllte Gero los. „Von Erziehung hat Nina noch nie Ahnung gehabt! Und jetzt kriegt sie die Quittung! Und was macht die blöde Schlampe? Vor lauter Angst, dass der verdammte Panz was angestellt hat, will sie morgens nicht mehr aufstehen!"

„Was hat Patrick denn getan?", wollte Katja wissen.

„Jeden Tag stellt er etwas Neues an", berichtete Nina leise. „Heute Morgen hat er Teeblätter aus der Küche geholt und im Kinderzimmer auf dem Teppich verstreut. Dann hat er sein Töpfchen darüber geleert und ist auf Strümpfen durchgelaufen." Sie holte ganz tief Luft. „Patrick wird ja immer schon zwischen vier und fünf Uhr wach. Da kann ich doch noch nicht aufstehen."

„Bist du nun die Mutter oder nicht?", fuhr Gero Nenè an.

33

Katja winkte ab. „Das hat damit doch nun gar nichts zu tun", meinte sie nachdenklich. „Über solche Streiche dürft ihr euch nicht wundern. Patrick hat schließlich eine Menge zu verkraften. Es könnte sein, dass er eifersüchtig auf Steffen ist. So lange ist der Kleine ja noch nicht bei euch. Patrick muss sich vielleicht noch an ihn gewöhnen. Und dann …" Ernst sah sie von Nina zu Gero. „Habt ihr mal überlegt, dass euer Sohn durchaus auch auf euch reagieren könnte? Hattet ihr mal wieder Streit?"

„Jetzt reicht's mir aber! Das ist doch scheißegal!", tobte Gero. „Das Balg interessiert mich nicht die Bohne! Und dich geht dass einen Dreck an! Misch dich gefälligst nicht ein!"

„Also ja", stellte Katja ungerührt fest. „Du solltest langsam wissen, wie eure Schreierei auf Patrick wirken. Und das darf dir eben nicht egal sein!"

Gero knurrte wütend vor sich hin und wandte ihr demonstrativ den Rücken zu.

Katja ging zu ihm und tippte ihm auf die Schulter. „Wenn du schon auf Nenè keine Rücksicht nimmst, dann versuche wenigstens, an deinen Sohn zu denken. Der Junge kann nun mal nichts für eure Dauerkräche."

Er reagierte nicht, trank seinen Kaffee aus und hielt Nina in schweigender Aufforderung seine Tasse entgegen. Es war, als hätte Katja gegen eine Wand angeredet. Seine Geste war eine einzige Provokation.

Nina legte noch ein Gedeck auf. „Du trinkst doch noch eine Tasse Kaffee mit?"

Katja nickte und schmuste ein bisschen mit Patrick, der sich mittlerweile schutzsuchend an sie drückte. Wieder hatte sie jenes schreckliche Herzklopfen wie nach jeder Szene dieser Art.. Solche Streitigkeiten nahmen ihr den Atem. Warum tue ich mir das an? Warum mache ich das immer wieder mit?, dachte sie verzweifelt.

Gewaltsam riss sie sich zusammen und versuchte, nur an ihren Arztbesuch zu denken.

„Nenè, darf ich mal telefonieren?", fragte sie aus diesem Gedanken heraus.

„Natürlich." Nina lächelte leicht. Wie schön war es, dass Katja mindestens zweimal täglich mit Mike reden musste! Sie war ein wenig neidisch.

Katja wählte hastig. Sie hatte Glück. Mike war sofort am Apparat. Seine Stimme klang nervös, als er sich meldete.

„Wie geht es dir, Liebes?", wollte er wissen. „Was hat die Ärztin gesagt?"

„Wir glauben, diesmal hat's geklappt", erzählte Katja und lachte glücklich. „Du wirst Papa!"

„Unglaublich! Irre! Endlich!", stammelte Mike überwältigt. „Mensch, das ist ja phantastisch! Schatz, das muss gefeiert werden! Weißt du was, Mama und Papa gehen heute Abend zur Feier des Tages ins Kino!"

„Ach, du bist ja verrückt!"

„Lass mich doch", bat er. „Ich möchte dich einfach ausführen. Irgendwie ist das ein komisches und so neues Gefühl. Ich kann's gar nicht richtig glauben. Bis heute Abend werde ich mir mindestens hundertmal vorsagen: Ich werde Vater. Da müssen doch alle Leute annehmen, ich wäre abgedreht und völlig jeck!"

„Das ist der richtige Ausdruck für deinen Zustand", stellte Katja vergnügt fest. „Tschüs, bis heute Abend, du Papa!"

Immer noch lachend legte sie auf. Als sie sich umwandte, stand Nina vor ihr und umarmte sie herzlich.

„Wie schön, du hattest Recht, Katja! Ich kann dir gar nicht sagen, wie sehr ich mich mit euch freue!"

„Wir müssen noch etwas warten", wehrte die werdende Mama glücklich ab. „Die Ärztin konnte heute noch nicht viel sagen. Dazu ist es noch zu früh. Aber ich bin mir ziemlich sicher. Ich fühle mich so – so – anders …"

Gero hatte sich scheinbar beruhigt. Wie so oft wechselten seine Launen in Sekundenschnelle und ohne jede Vorankündigung. Die Schwangerschaft Katjas war für ihn eine willkommene Ablenkung.

So wurde aus dem Frühstück in gedrückter Stimmung von jetzt auf gleich eine beinahe fröhliche Kaffeerunde, die man fast schon harmonisch hätte nennen können, wäre da nicht ein Rest unterschwelliger Spannung geblieben.

Steffen lag zufrieden auf dem Teppich und brabbelte vergnügt vor sich hin. Er beobachtete die Füße der Großen und kreischte auf, wenn unterm Tisch Bewegung entstand.

Patrick saß natürlich neben seiner heißgeliebten Tante Katja. Er spielte mit zwei seiner Autos und seinem Lieblingsteddy. Dabei betrachtete er misstrauisch die Erwachsenen, die auf einmal so albern waren. Nach all dem Streit und dem Geschrei, das ihm eine so entsetzliche Angst eingejagt hatte, konnte er die plötzliche Ausgelassenheit nicht verstehen. Auch die empfand der kleine Kerl als überaus beängstigend. Aber zum Glück war ja Tante Katja da, die ihm immer half und ihm beistand. Der Kleine schmiegte sich fest an sie und streichelte ihren Arm.

Katja und Nina überlegten, was wohl der tollste, beste, schönste und eindrucksvollste Name war, den man dem Baby geben könnte.

Für Gero war alles ganz einfach. „Am besten, ihr nennt den Bengel Waldemar!"

Katja protestierte lachend. „Bist du wahnsinnig? Der Name ist abscheulich. Außerdem wird es ein Mädchen!"

Auch dafür hatte Gero eine scheußliche Lösung: „Dann heißt das Frollein eben Clothilde! Ist auch was Seltenes!"

„Dann kannst du auch Leopoldine oder Fritzi nehmen", kicherte Nina.

„Das ist alles Blödsinn", erklärte Katja mit großem Ernst. „Die Namen stehen längst fest. Wird es ein Junge, heißt er Mirko. Wird es ein Mädchen, dann heißt es Eva."

Während Nina und Katja dem Klang der Namen nachlauschten, schob Gero abrupt seinen Stuhl zurück und schlug mit der Faust auf den Tisch, dass die Tassen sprangen. Nina fuhr erschrocken zusammen und zog angstvoll den Kopf zwischen die Schultern. Patrick rannte laut schreiend ins Kinderzimmer. Katja vereiste innerlich und starrte Gero an, als wäre er eine böse Erscheinung. Sagen konnte sie zuerst einmal nichts.

„Los, Nina, zieh Patrick endlich an", verlangte er in scharfem Ton. „Ich will mit ihm zu meinen Eltern fahren."

Der neuerliche Stimmungswechsel Geros war erschreckend und machte fassungslos. In Ninas unglücklicher Miene waren all ihre Ängste und ihr Entsetzen lesbar. Katja erholte sich nur langsam von dem Schrecken.

„Was soll das?", fragte Nina. „Davon war doch gar nicht die Rede gewesen ..."

„Sag mal, tickst du jetzt völlig aus?" Gero wurde laut. „Willst du mir etwa verbieten, meinen Eltern ihr Enkelkind zu bringen? Du bildest dir wohl immer noch ein, du hättest hier was zu sagen? Also los, heb' deinen faulen Arsch und zieh meinen Sohn endlich an!"

Nina schämte sich in Grund und Boden. „Schon gut", erwiderte sie deshalb betont ruhig und beeilte sich, seinen Wünschen zu entsprechen. „Zum Mittagessen seid ihr ja zurück."

Katja stand auf. Sie bangte vor weiterem Streit, der die Kinder noch mehr verunsichern würde. Sie konnte die Gegenwart Geros nicht eine Minute länger ertragen und wünschte sich weit weg, wollte aber Nina nicht allein lassen, nicht jetzt, nicht in diesem Moment. Also blieb sie und spürte, dass ihre Knie weich wurden.

Der Abschied Patricks von seiner Mama war herzzerreißend. Es war ein Bild, das Katja über viele Monate nicht aus ihrem Kopf bekam.

In diesem Augenblick wuchs ihr die Situation über den Kopf. Sie drückte sich an Nina und Patrick vorbei und schlug die Wohnungstür hinter sich zu. Wie von Furien gehetzt, rannte sie über die Strasse in ihre Wohnung. Sie warf sich auf ihr Bett und heulte sich gründlich aus.

Dabei hatte sie an diesem Tag nur glücklich sein wollen ...

Zum Mittagessen war Patrick nicht zurück. Gero kam gegen halb zwölf Uhr mit seinem Vater und wollte etwas zum Anziehen für zwei Tage holen. Patrick sollte über Nacht bei seinen Großeltern bleiben.

Nina konnte dazu nicht nein sagen, obwohl sie überhaupt nicht damit einverstanden war. Sie hatte ein unangenehmes Gefühl im Nacken, als sie leise vor sich hinschluchzend die gewünschten Kleidungsstücke zusammensuchte und liebevoll ein paar Teile von Patricks Lieblingsspielzeug dazu legte.

Als sie wieder allein war, rief sie Katja an und erzählte von ihrer Angst und ihrer Verzweiflung.

„Katja, was hat er wohl vor?" Sie schluchzte. „Da stimmt doch etwas nicht!"

Katja versuchte, sie zu beruhigen, und erinnerte sie daran, dass sie nun einen freien Nachmittag hatten, den sie gemeinsam nutzen wollten. Patrick war ja nicht aus der Welt. Bei seinen Großeltern war er gut aufgehoben.

„Wir legen Steffen hier ins Bett", schlug sie vor. „Dann essen wir gemeinsam. Ich werde für uns kochen. Irgendwas Tolles."

Nina sagte zwar zu, doch sie konnte nicht aufhören, nach ihrem Sohn zu jammern. Sie hatte ihn noch nie gern weggegeben, schon gar nicht zu ihren Schwiegereltern. Außerdem fühlte sie sich schlichtweg übergangen. Es störte sie, dass weder Gero noch seine Eltern sie gefragt hatten, ob sie überhaupt einverstanden war. Sie hatte eine unbändige Angst, dass Gero ihr den Kleinen wegnehmen würde, wenn er nur das Geringste von ihrem Scheidungsvorhaben ahnte. Er würde doch nichts mitbekommen haben?

Katja tröstete die Freundin, so gut sie es vermochte. „Das glaube ich nicht, Nenè. Denk daran, morgen ist Patrick wieder bei dir ..."

Sie verbrachten einen gemütlichen, fröhlichen Nachmittag zusammen, der – je länger er dauerte – immer unbeschwerter wurde.

Später gingen sie mit Steffen zu Eliane Rath, einer Nachbarin, die ebenfalls ein Baby erwartete. Gemeinsam tranken sie Kaffee und spielten mit Ninas Pflegekind. Wieder dachten sie sich verrückte Namen aus für Babys, deren Namen längst feststanden.

Die Zeit verging unbemerkt und viel zu schnell. Gegen achtzehn Uhr rief Mike an. Er war etwas empört, dass Katja ihn ausgerechnet an diesem Tag nicht daheim erwartete.

„Hast du unseren Kinobesuch vergessen?", fragte er. „Und Nenè wird auch schon gesucht! Ihre Mutter ist gekommen. Gero hat mich angerufen. Er ist ziemlich wütend."

„Wieso Gero?", gab Katja irritiert zurück. „Er muss doch arbeiten. Er kann noch gar nicht zu Hause sein!"

„Er sagte mir, es ginge ihm nicht besonders gut. Man hätte ihn heimgeschickt", erwiderte Mike. „Jetzt beeilt euch, ihr beiden! Es ist ja nicht nötig, dass Gero noch mehr gereizt wird!"

„Ich bringe Nenè und Steffen noch nach Hause – vorsichtshalber", meinte Katja. „In zehn Minuten bin ich bei dir, und dann gehört der Abend nur noch uns!"

Unterwegs fragte Nina: „Das mit dem Baby, Katja, das stimmt doch? Du beschwindelst mich jetzt nicht, weil ich mir das so sehr wünsche?"

Katja lachte. „Du Närrin! Diesmal klappt es bestimmt. Ich bin mir ganz, ganz sicher. Du kannst schon mal anfangen zu sparen – fürs Taufgeschenk!"

„Ich lass mich überraschen!"

Das waren die letzten Worte, die Katja von Nina hörte, das war das letzte Mal, dass sie ihre Nenè sah.

Denn es war Nina Wenzels Sterbetag.

Scheidung

„Warum sollte ich mich wohl scheiden lassen? Das kostet viel zu viel Geld! Schließlich will ich ja leben. Und das richtig und gut. Und außerdem geht es mir so viel besser. Ich habe doch alles, was ich will: meine Frau – wenn sie sich nicht gerade sträubt – meinen Sohn, mein Essen ..."

Gero griff nach seiner Bierflasche, trank mit lauten Schlucken und rülpste genüsslich.

Katja verzog angewidert das Gesicht. Dieser ekelhafte Kerl! Er war einfach unerträglich! Warum begriff Nina nicht, was sie sich und ihrem Kind antat, wenn sie sich nicht endlich von ihm trennte? Der gute Wille, es irgendwann zu tun, vielleicht im Januar, brachte nichts. Jetzt, sofort ... die Trennung war längst überfällig.

„Warum hast du dann eine Freundin?", fragte Mike und drückte die Hand seiner Frau. Er spürte, dass Katja in ihrer Erregung ihre Wut nicht mehr lange bremsen konnte.

„Eine Freundin?" Gero lachte verächtlich. „Eine oder zwei oder drei oder so ... Meine Freundinnen gehen keinen was an. Das ist ganz allein meine Sache", stellte er selbstzufrieden fest. „Ich brauche nun mal ein bisschen mehr Sex und Vergnügen als andere!"

Katja konnte nicht mehr still sein und Geros Tiraden um des lieben Friedens willen schweigend ertragen. „Dann lass dich endlich scheiden!", fuhr sie ihn an. „Wenn du das nicht willst, dann musst du dich langsam mal entschließen, endlich die Verantwortung für deine Familie zu übernehmen und entsprechend zu leben. Darauf haben Nina und Patrick ein Recht!"

„Ihr habt doch alle einen Knall!" Gero lachte hämisch. „Was bildet ihr euch eigentlich ein? Ihr habt ja keine Ahnung vom wirklichen Leben! Ich mache jedenfalls, was **ich** will. Und wenn ich mal gehe, dann nur unter zwei Bedingungen: erstens, ich kriege Patrick, und zweitens, Nina übernimmt die ganzen verdammten Schulden. Kann ja mal was für ihren Mann tun, diese blöde Kuh."

„Ha!" Für einen Augenblick war Mike sprachlos. Katja und Nina – sie war gerade ins Wohnzimmer gekommen und hatte Geros letzte Worte mitbekommen – schnappten hörbar nach Luft.

„Bei dir muss wohl irgendetwas falsch ticken", meinte Mike trocken. „Normalerweise bist du doch nicht blöd! Wie kannst du nur so einen Schwachsinn reden! Ich glaube, dein Gehirn ist vom vielen Alkohol langsam aufgeweicht."

„Hier redet nur einer Schwachsinn, und das bist du", gab Gero grob zurück. „Tu doch nicht so anständig! Ich möchte nicht wissen, was du dir so alles unter den Nagel reißt, wenn du mal den großen Krieg anzettelst! Kannst ja nicht wissen, wen du noch aufreißt!"

Nina schluchzte leise vor sich hin. Sie war nicht fähig, sich gegen die ordinären Beschimpfungen ihres Mannes zu wehren. Dafür ging Katjas Temperament mit ihr durch. Sie maß Gero mit einem unterkühlten Blick.

„Du solltest deine Schweinereien nicht Mike unterstellen! Besse, du tust uns den Gefallen und lässt dich scheiden! Und versuch es ruhig mit deinem ‚großen Krieg'! Ich verspreche dir, du wirst deinen Spaß haben! Falls du es nämlich vergessen haben solltest: Wenn es um Patrick geht, schaltet sich das Jugendamt ein, das auch Zeugen befragt. Überleg mal, wer mag das wohl sein? Und was meinst du, was die aussagen werden? Vielleicht: Gero Wenzel ist ein Goldjunge, ein traumhafter Ehemann, ein liebevoller Vater, treu, ehrlich, fleißig wie eine Ameise ..."

Gero knurrte wütend und baute sich vor Katja auf. „Halt den Rand, du Hexe!", schrie er. „Du konntest mich noch nie leiden! Du meinst wohl, du bist was Besseres! Dabei hetzt du Nina nur auf. Die ist schon richtig aufmüpfig geworden!"

„Schön wär's! Das würde mich freuen, wenn es so wäre!" Katja brachte es fertig, ihn mit kühler Freundlichkeit anzulächeln.

„Jetzt hör aber auf!" Gero warf sich vorsichtshalber rasch in seinen Sessel. „Du trampelst auf mir herum und spielst die feine Dame! Und das auch noch in meiner Wohnung. Hier habe ich zu sagen, und ich will nichts mehr hören! Du gehst mir schon lange auf die Eier. Mir ist der ganze Scheiß hier sowieso egal!"

Gero ließ nicht mehr mit sich reden. Er sprang auf, griff nach seiner Bierflasche und zog sich ins Schlafzimmer zurück, schrie nach Nina, damit sie Patrick holte, und schloss sich ein. Eine Stunde später verließ er das Haus, ohne zu sagen, wohin er gehen wollte oder wann er zurückkehren würde.

So endete ein weiterer Sonntagnachmittag, der in Gemütlichkeit mit Kaffee und Kuchen begonnen hatte, in einem hässlichen, sinnlosen Streit, der niemandem etwas brachte.

Dennoch war Nina nicht bereit aufzugeben. Sie sehnte sich so sehr nach einem Wunder, das ihre Liebe rettete. Gero war Patricks Vater, er war Ninas Mann, er war der Mann, den sie unbedingt hatte haben wollen, den sie immer noch liebte. Immer noch, trotz allem.

So sagte sie zumindest.

Mike und Katja verabschiedeten sich bald. Sie hatten Sehnsucht nach ihrer gemütlichen Wohnung, nach ihrem eigenen friedlichen Leben, in dem es keinen Platz gab für diese Art von Streitereien, ordinärem Gedankengut und Gemeinheiten.

Als sie Nina verließen, hatte sie sich noch nicht beruhigt. Sie weinte unaufhörlich. Sie hatte jede Hoffnung verloren, auch wenn sie es nicht zugeben wollte.

Vielleicht hatte Nina nie begriffen, dass wahre Liebe nicht einseitig war, dass das, was sie mit Gero verband, von Liebe so weit entfernt war wie Australien von Europa – mindestens ...

Wie viel Leid erträgt die Liebe einer Frau?

Und Gero Wenzel – er bekam seinen „großen Krieg", anders als er gedacht hatte. Er bekam seine Zeugen, und er bekam auch seine Strafe.

Doch was hatte Nina davon?

Zu spät

Katja hatte unruhig geschlafen. Daran war sicher das Baby schuld. Es war ja noch so neu, und sie musste sich erst daran gewöhnen. Die Umstellung für ihren Körper war groß. Deshalb wurde sie schon lange vor der gewohnten Zeit wach.

Seufzend stellte sie den Wecker ab und hoffte, dass ihre Schwangerschaft nicht neun Monate lang von Schlaflosigkeit begleitet wurde.

Im nächsten Moment klingelte das Telefon.

Katja fuhr zusammen. Um diese Zeit rief normalerweise niemand an, um diese Zeit erschien ihr das Läuten des Telefons mehr als ungewöhnlich und bedrohlich …

Mike sprang im Halbschlaf aus dem Bett und torkelte ins Wohnzimmer. Er riss den Hörer hoch und meldete sich gähnend.

„Wie bitte?", fragte er dann fassungslos.

Katja lauschte angestrengt. Ihr Herz klopfte zum Zerspringen. Angst kroch in ihr hoch. Sie dachte an ihre Mutter. Helga Preuß war so oft krank …

„… Ich glaube, du spinnst!", rief Mike empört in den Hörer. „Hast du mal auf die Uhr gesehen? … Warum soll sie hier sein? … Warte, ich frage Katja!"

Als Mike ins Schlafzimmer zurückkam, war Katja hellwach. Mit angstvoll aufgerissenen Augen sah sie ihrem Mann entgegen.

„Was ist los?", fragte sie mit unsicherer Stimme.

„Wollte Nenè gestern Abend noch einmal zu uns kommen?", erkundigte sich Mike. In jedem seiner Worte klangen seine Zweifel mit.

Katja stand schon neben ihrem Bett, noch ehe er seine Frage beendet hatte, und suchte hastig nach ihren Pantoffeln. „Nein. Wie kommst du auf die Idee? Da stimmt doch etwas nicht!"

„Sie ist weg!"

„Quatsch! Das ist unmöglich!" Katja flog fast zum Telefon. „Sie kann nicht weg sein", rief sie Mike dabei zu. „Das ist völlig ausgeschlossen! Der spinnt doch!"

Sie riss den Hörer hoch. „Gero? Was soll der Blödsinn? Was hast du wieder angestellt? Sei ehrlich, Nina ist endlich vor dir weggelaufen! Hast du sie geschlagen? Ihr habt euch doch unter Garantie wieder gestritten!"

Vom anderen Ende erklang ein trockenes Schluchzen. Geros Stimme zitterte. Er holte tief Luft und sagte ohne Punkt und Komma: „Nein, es war nichts. Ich weiß gar nichts! Ich wollte nur schlafen. Um halb Elf wollte sie noch einmal zu euch. Mehr kann ich nicht sagen. Ich hab' dann geschlafen, und sonst nichts. Und jetzt ist sie nicht da. Also muss sie doch bei euch sein!"

„Ohne vorher anzurufen?", fragte Katja voller Misstrauen zurück. „Um diese Zeit waren wir längst wieder zu Hause. Nenè wusste, dass wir ins Kino wollten. Außerdem ruft sie immer erst an, ehe sie kommt", wiederholte sie noch einmal bestimmt.

„Du kannst mir ruhig glauben!", rief Gero durch das Telefon und zog hörbar die Nase hoch. „Was soll sie sonst schon gemacht haben? Und ihre Handtasche ist hier, und ihr Ausweis, ihr Schlüssel und ihr Geld auch!"

Einen Augenblick lang war Katja irritiert. Diese Aufzählung verstand sie nicht. Was hatte das alles mit Ninas Verschwinden zu tun? Im nächsten Moment hatte sie sich wieder gefasst und wurde sogar energisch.

„Patrick ist noch bei deinen Eltern?"

„Ja, und? Ist das verboten?", fuhr Gero sie an.

„Gott, ich will dir doch nur helfen! Also reiß dich gefälligst zusammen und mach, dass du herkommst! Wir reden hier weiter. So per Telefon ... ich weiß nicht ... Bring aber Steffen mit", verlangte sie fast ein wenig herrisch.

Gero seufzte. Es klang nach Erleichterung, Angst und Resignation. Von allem etwas. „In ungefähr einer halben Stunde bin ich bei euch", sagte er zu und legte auf.

Katja ging langsam zurück ins Schlafzimmer, das ihr auf einmal kalt und feindlich erschien, obwohl es bisher ihr Nest, ihr Schutz in allen Lagen gewesen war. Sie war blass und strich sich nachdenklich mit dem Finger über die Nase.

„Mike", begann sie mit überkippender Stimme, „Nenè ist scheinbar wirklich weg! Sie kann doch nicht einfach ... Sie lässt Patrick und Steffen niemals im Stich! Mike, irgendetwas stimmt da nicht!"

„Reg du dich jetzt bloß nicht auf, Katja!" Mike versuchte, ruhig zu bleiben. Sie sollte nicht merken, wie sehr Geros Anruf auch ihn erschreckt hatte. „Sie wird schon wiederkommen! Nina wird den Kleinen nie im Leben Gero überlassen. Vielleicht hatten sie wirklich Krach, und sie ist zu ihren Eltern oder Schwiegereltern gefahren. Vielleicht hat sie sich auch nur zu sehr nach Patrick gesehnt ..."

Katja hatte begonnen, die Betten auszulegen, und schüttelte ein Kopfkissen auf. Jetzt warf sie es wieder auf die Matratze, schlug darauf herum wie auf einem Punching-Ball und funkelte Mike aus dunklen Augen an.

„Vielleicht, vielleicht! Ach, Mike, ich will das nicht hören! Ich habe Angst, ganz schreckliche Angst, dass er ihr etwas angetan hat! Mir ist, als würde ich schwimmen, als hätte man mir den Boden unter den Füssen weggezogen!"

Mike nahm sie fest in den Arm. Er fühlte sich unendlich hilflos. „Du musst jetzt in erster Linie an unser Baby denken! Deine Aufregung schadet ihm bestimmt. Sag mir doch, wie ich dir deine Angst nehmen kann, Katja-Schatz!"

„Ich weiß es nicht! Es geht nicht. Die Angst ist da – und sie wird immer größer. Ich kann mich gar nicht dagegen wehren!" Sie klammerte sich an ihm fest. „Ich wollte, Nina wäre endlich hier!"

„Sie wird schon kommen", meinte Mike tröstend und legte seine ganze Hoffnung in seine Stimme. Liebevoll führte er seine weinende Frau in die Küche. „Lass uns unser Frühstück machen und eine richtig große Kanne Kaffee kochen. Dann hat Nina auch gleich etwas Warmes!"

Aber Nina Wenzel kam nicht, konnte nicht mehr kommen, würde nie mehr Kaffee trinken. Es war acht Uhr morgens, und sie war seit mindestens zehn Stunden tot.

Es war zu spät.

So tun, als ob

Es war einer der seltenen, harmonischen Sonntage. Zu viert waren sie nach K. gefahren, spazierten durch die Straßen und beobachteten die Menschen, die den herrlichen Sommertag genossen.

Gero kannte wieder einmal nur ein Thema. „Ich möchte wissen, wie viele Nutten hier rumlaufen!"

„Wieso? Willst du die alle vernaschen?", lästerte Mike und stieß den Freund in die Seite.

Katja bekam Angst um die gute Stimmung.

Nenè konnte sich kaum beherrschen. Es schien, als wäre jedes weitere Wort von Gero zu viel. Ihr steckte noch die letzte Auseinandersetzung in den Knochen.

„Hört auf mit dem Unsinn!", verlangte Katja energisch.

„Schnauze!"

Gero hatte sich noch nie aufhalten lassen, schon gar nicht von einer Frau. Jetzt spann er den Faden erst recht weiter. Er schlug Mike auf die Schulter, was dieser gar nicht mochte.

„Lass das!"

„Mal ganz ehrlich, Mike, das Geld, das hier im Augenblick auf der Straße verdient wird, das möchte ich schon haben. Muss ein schöner Haufen sein!"

„Du bist ein Schwein, Gero", zischte Nina ihm zu. Sie war sehr blass und zitterte von Kopf bis Fuß.

„Und du bist 'ne absolute Niete", gab Gero lässig zurück. „Ein ausgeblasenes Hühnerei! Was bringst du denn? Keine müde Mark!"

„Gero, lass den Quatsch!", versuchte Mike, ihn zu bremsen. Er ärgerte sich über sich selbst, weil er dem Gespräch – wenn man es überhaupt so nennen wollte – nicht rechtzeitig eine andere Richtung gegeben hatte.

Gero gab nicht nach. Er zuckte mit den Schultern und rief Nina zu: „Wenn man dich nackt auf einen Porsche legen würde, müsste man die Kiste noch dazugeben, damit dich einer nimmt!"

Nenè schnappte nach Luft. Ihr Arm tat weh, da Katja sie mit aller Kraft festhielt. Sie drängte zu Gero, wollte ihn schlagen, aber Katjas Griff war eisern.

„Weißt du", begann Katja betont liebenswürdig, „wenn es dir recht ist, mein lieber, kluger Gero, können wir ja mal unsere Chancen ausloten!"

Noch ehe Mike oder Gero protestieren konnte, zog Katja die sich sträubende Nina mit sich fort.

„Lach drüber!", befahl sie Nenè. „Jetzt kriegen wir ihn klein! Was der kann, können wir schon lange!"

„Was hast du vor?"

„Wir tun so, als wollten wir uns ein paar zahlende Kavaliere anlachen. Mal sehen, was die Herren heutzutage bieten!"

„Aber das geht doch nicht!", wehrte Nina hastig ab. „Das können wir nicht machen. Gero rastet aus!"

„Nichts macht er. Wir sind ja nicht allein. Mike ist auch noch da."

Sie bekämpften ihre Wut und gaben sich Mühe, herzlich über tausend Nichtigkeiten zu lachen. Sie taten so, als hätten sie die beiden Männer, die da scheinbar in aller Harmlosigkeit hinter ihnen hermarschierten, noch nie vorher gesehen. Wirklich wohl fühlten sie sich nicht in ihrer Haut. Dennoch genossen sie die Situation.

Es dauerte nicht lange, da bekamen Katja und Nina die ersten Angebote. Zwei recht gut aussehende Männer von etwa vierzig Jahren boten jeder fünfhundert Mark für eine Nacht.

Fünfhundert Mark!

„Wir sind leider schon besetzt", murmelte Katja, verkniff sich mühsam ein hysterisches Lachen und lief davon. Nina rannte hinterher.

Hinter der nächsten Ecke prusteten sie los. Das konnte einfach nicht wahr sein! Das Spielchen hatte geklappt. Fünfhundert Mark waren sie also wert! Noch immer wollten sie sich ausschütten vor Lachen.

Plötzlich aber trat Mike neben die beiden und schob sie hastig weiter. Sein Gesicht war blass, und seine Stimme klang ernst und bestimmt: „Wir gehen jetzt zum Auto. Es wird Zeit, dass wir nach Hause kommen!"

Nina und Katja nickten beklommen. Ernüchtert traten sie den Rückweg an.

Katja hatte auf einmal ein schlechtes Gewissen, und der triumphierende Blick Geros weckte in ihr das Gefühl, dass irgendetwas nicht stimmte, dass noch etwas geschehen musste, etwas, dass sie noch nicht erkennen konnte. Und doch rollte es wie eine Lawine auf sie zu.

Erst als sie später allein in ihrem Wohnzimmer saßen, wagte es Katja, ihren Mann zu fragen: „Was war eigentlich los? Gero kann doch nicht wirklich sauer sein wegen eines Spaßes! Wir haben ja nur so getan, als ob!"

Mike seufzte. „Das war es auch nicht, weshalb ich nach Hause wollte", gab er leise zurück. „Das Ganze war ein blöder Einfall. Du weißt doch, wie er ist. Gero behauptet sowieso, dass alle Frauen Nutten sind. Auch wenn ihr zu Recht wütend wart, habt ihr ihm bewiesen, dass er Recht hat."

„Es tut mir leid ..."

Mike stand auf und trat an die Balkontür. Nachdenklich sah er hinüber zu dem erleuchteten Fenster im fünften Stock des Nachbarhauses. Das war das Wohnzimmer der Wenzels.

„Viel schlimmer aber ist etwas anderes!" Er wandte sich Katja zu und nahm sie in den Arm. „Und das war das eigentlich Erschreckende: Gero hatte eine durchgeladene Pistole in der Tasche! Er zeigte sie mir in dem Moment, als ihr angesprochen wurdet. Ich habe Todesängste um euch ausgestanden!"

Katja wurde weiß wie eine Wand. „Aber ..."

„Du weißt doch, wie eifersüchtig Gero ist. Wenn einer Nenè angefasst hätte ..."

... dann hätte dieses Drama früher ein Ende gefunden. Was wäre Nina erspart geblieben?

„Wir müssten ihn anzeigen", meinte Katja nachdenklich.

„Weshalb?", erwiderte Mike bitter. „Er hat die Pistole entsorgt, weggeworfen, in einen Abfallbehälter getan. Die findet kein Mensch wieder. Wer sollte ihm da etwas nachweisen?"

Die Angst des Mörders

Es war ungefähr acht Uhr dreißig, als es klingelte. Katja rannte zur Tür und riss sie weit auf, als sie Schritte im Treppenhaus hörte. Für einen winzigen Moment keimte Hoffnung in ihr auf und verdrängte die Angst.

Doch es war nicht Nina.

Vor ihr stand ein völlig aufgelöster Gero. Sein Gesicht war grau, und er zitterte am ganzen Körper.

Er drückte Katja den kleinen Steffen in den Arm. Mit fahriger Gebärde strich er sich eine blonde Strähne aus der Stirn, aber sie fiel ihm sofort wieder ins Gesicht.

„Da unten ..." Er stotterte. „Ich weiß nicht ... ich kann nicht ... ich ... nein, Mike, bitte, komm mit! Es ist ... das kann nicht ... da ..." Jetzt schrie er es heraus, dass der kleine Steffen in Katjas Arm erschrocken zusammenzuckte und sie entsetzt die Augen aufriss: „Es ist alles voll Blut! Nina, nein ..."

Er begann, haltlos zu schluchzen.

Katja setzte den kleinen Jungen hastig auf den Teppich und rannte in wilder Panik zur Treppe. Aber Mike riss sie in letzter Sekunde zurück.

„Du bleibst hier, mein Schatz!", bestimmte er. „Du wirst hier oben gebraucht. Du musst dich um Steffen kümmern. Das da unten ist Männersache. Ist noch genug Kaffee da? Den brauchen wir bestimmt gleich."

Er zog den widerstrebenden Gero die Treppe hinunter.

Katja schloss leise die Wohnungstür. Wie in Trance setzte sie die Kaffeemaschine in Gang. Ohne zu wissen, was sie tat, begann sie zu spülen. Dass Steffen versuchte, ihr mit seinem Gebrabbel etwas zu erzählen, bemerkte sie nicht. Sie weinte, ohne zu wissen, dass sie weinte. Sie erlebte diese schrecklichen Minuten, ohne zu spüren, dass sie lebte. Es gab kein Denken, kein Fühlen. In ihr war eine entsetzliche Leere.

Katja hat nie erfahren, was sich zwischen Mike und Gero vor der Haustür abgespielt hatte. Die beiden Männer kamen wieder, als der Kaffee gerade fertig war.

Mike war um einiges blasser als zuvor, wirkte aber äußerlich ruhig und gefasst.

Gero dagegen zitterte fast noch mehr als zuvor. Er rauchte viel zu hastig. Sein Blick war unstet. Von seiner aggressiven Haltung, die er normalerweise zur Schau stellte, war nicht viel übrig geblieben.

„*'Es'* war nicht von Nina", erklärte Mike, ohne das grausame Wort Blut zu benutzen. „Die Spur ging bis hinüber zum Doc. Heute Morgen hat sich auf der Baustelle gegenüber ein Arbeiter verletzt, sagte er. Der Mann hat *'es'* verloren." Er nahm Katja die schwere Kanne aus der Hand. „Und jetzt wird Kaffee getrunken, und Gero berichtet einmal ganz genau und von Anfang an, was gestern passiert ist!"

Katja betrachtete ihren Mann sehr aufmerksam. Sie war sich sicher, dass er etwas erfahren hatte, was er nicht preisgeben wollte. Und das erhöhte ihre schreckliche Angst um Nina um ein Vielfaches.

Sie setzten sich ins Wohnzimmer, und Gero blickte seine beiden einzigen Freunde an, als ob er nachdenken müsste, weil er nicht begriff, wovon sie sprachen. Er wirkte immer noch fahrig. Aber ein Teil seiner Nervosität war von ihm abgefallen. Von einer Minute zur anderen wurde er auffallend klar und zielstrebig, als wüsste er nun endlich genau, was er wollte, nein, was er sagen musste.

Nina aber war immer noch nicht zurückgekehrt, und Gero Wenzel wusste, dass sie nie wieder kam.

Versuch eines Alibis

Mike forderte ihn nicht noch einmal zum Sprechen auf. Er sah ihn nur an, während er sich ganz langsam eine Zigarette anzündete. Gero schluckte und wischte sich mit dem Handrücken über den Mund.

„Es war wirklich nichts! Wir haben meine Schwiegermutter nach Hause gefahren und bei ihr zu Abend gegessen. Weil Steffen bei der Nachbarin war, sind wir früh zurückgekommen und haben noch etwas ferngesehen. Gegen halb elf wollte Nina plötzlich zu euch gehen. Ich hatte keine Lust und habe mich ins Bett gelegt."

Er griff hastig nach einer neuen Zigarette. Katja registrierte, dass es bereits die vierte in ganz kurzer Zeit war. Gero wirkte auf sie wie das personifizierte schlechte Gewissen. Dazu kam, dass sein Bericht viel zu konstruiert klang.

„Du willst mir also weismachen, dass ihr euch überhaupt nicht gestritten habt?", fragte sie zweifelnd.

Gero hob die Schultern. „Was du nur immer hast! Nein, bestimmt nicht!" Und nach einer kurzen Atempause: „Na ja, vielleicht ein bisschen."

„Weshalb ist sie weggelaufen?", wollte Mike wissen. „Hast du sie geschlagen?"

„Nein, nein!" Gero heulte auf. „So glaubt mir doch! Ich wünsche mir nur, dass sie wieder hier wäre! Ganz bestimmt, ich würde sie nie wieder schlagen und auch nie mehr mit ihr zanken! Ich liebe sie doch!"

Katja winkte ab. „Wie oft hast du das schon versprochen? Gehalten hast du dein Wort nie! Ich glaube dir nicht." Sie füllte noch einmal die Tassen. „Mike, was machen wir jetzt? Wir müssen doch etwas tun!"

„Zuerst rufst du Cynthia an. Sie muss kommen und sich selbst um ihren Sohn kümmern. Steffen ist für dich zu schwer. Und Gero wird Nina suchen." Mike sah auf seine Armbanduhr und sprang erschrocken auf. „Jetzt komme ich auch noch zu spät ins Büro!", rief er entsetzt. „Und das, wo wir so viel zu tun haben! Katja, mein Schatz, du rufst mich sofort an, wenn du etwas von Nenè hörst."

Liebevoll verabschiedete er sich von seiner Frau und griff dann nach seiner Tasche. Für Gero hatte er nur einen kühlen Blick.

„Sie zu, dass du Nina findest und benimm dich! Bring in Ordnung, was du verbockt hast!"

Katja begleitete ihren Mann zur Tür. Am liebsten hätte sie ihn gebeten, nicht zu gehen, sich einen Tag Urlaub zu nehmen. Als Mike fort war, begann sie, den Tisch abzuräumen. Gero rauchte wie ein Schlot und seufzte zwischendurch tief auf.

„Reiß dich mal ein bisschen zusammen", fauchte Katja ihn an. „Meinst du, du kannst mir was vormachen? Du nervst tierisch! Es ist allein deine Schuld, wenn Nenè weggelaufen ist. Für das, was du ihr schon alles angetan hast, kannst du gar nicht genug leiden!"

„Es tut mir ja auch alles furchtbar leid, glaub mir doch!"

„Ja, ja, jetzt kannst du auf einmal jammern! Davon hat Nina aber auch nicht viel! Du hattest wahrhaftig Zeit genug, um etwas für deine Familie zu tun!"

Sie wandte sich ab und brachte das Geschirr in die Küche. Am liebsten hätte sie Gero rausgeschmissen. Er war ihr so unangenehm wie nie zuvor, und es störte sie, dass er auf ihrer Couch saß.

Sie stellte den Zucker in den Schrank zurück und ging wieder ins Wohnzimmer.

„Was soll ich denn jetzt machen?", jammerte Gero und zerrupfte eine Papierserviette in kleine Fetzen.

Katja setzte sich nachdenklich in einen Sessel. „Nina wusste, dass wir im Kino waren. Also ist sie ganz bestimmt nicht zu uns gekommen. Wahrscheinlicher ist es, dass sie bei ihren oder bei deinen Eltern Schutz gesucht hat. So wie ich dich kenne, hatte sie den bestimmt nötig."

Gero wollte widersprechen, aber sie winkte energisch ab.

„Halt den Mund, du lügst doch nur das Blaue vom Himmel runter! Fahr lieber los und suche bei euren Eltern nach ihr!"

„Aber ..."

„Da gibt's kein Aber! Fahr an der Apotheke vorbei und hole dir Baldrianpillen. Zwei Dragees kannst du nehmen. Dann wirst du wenigstens etwas ruhiger."

Katja ließ keinen Widerspruch mehr zu, stand auf und nahm Geros Jacke von der Garderobe. Resigniert fing er sie auf, als Katja sie ihm zuwarf, und ging mit gesenktem Kopf zur Tür.

„Gib deinen Eltern und Langners meine Telefonnummer!", rief sie ihm nach. Warum sie das tat, hätte sie in diesem Augenblick nicht erklären können.

Das sinnlose Warten auf Nina Wenzel begann.

Huren

„Frauen sind alle Huren, egal, wen du nimmst. Wenn du sie aus den Augen lässt, liegen sie schon mit dem nächsten im Gras!"

Gero fuhr sich mit den Fingern durch die ungepflegte Mähne und warf einen herausfordernden Blick auf seinen Freund.

Mike lachte gezwungen. „Du übertreibst mal wieder maßlos. Vertraust du nicht mal deiner eigenen Frau?"

So gut Mike es gemeint hatte, er hatte das Verkehrteste gesagt, was er in diesem Moment überhaupt hatte sagen können. Aus böser Erfahrung hätte er wissen müssen, dass jedes Wort Gero beflügelte.

„Du etwa deiner?" Gero lachte hässlich. „Entschuldige, ich will dich ja nicht beleidigen. Aber guck sie dir doch an! Den eigenen Frauen kannst du am allerwenigsten trauen. Was tun die denn, wenn du nicht da bist? Hast du 'ne Vorstellung? Ich weiß dich Bescheid! Überleg mal, du malochst für die paar Kohlen, und deine Alte hüpft mit irgendeinem Kerl durch deine Betten!"

Wenn Gero so weiterredete, konnte es ein heiterer Abend werden! Nina und Katja mussten jeden Augenblick hereinkommen, und dann war es vorbei mit dem erhofften gemütlichen Samstagabend!

Beleidigt war Mike nicht. Dazu kannte er Gero viel zu lange. Er nahm ihn einfach nicht ernst. Zu gern hätte er das Gespräch abgebrochen. Aber er wusste, dass Gero sich so schnell nicht ablenken ließ. Ihn rausschmeißen wollte er nicht – um Ninas willen.

„Mein Gott, Gero, du musst nicht immer von dir auf andere schließen! Es sind eben nicht alle so charakterlos wie du. Du wirst lachen, aber es gibt tatsächlich auch noch halbwegs anständige Leute. Und ganz sicher gehören unsere Frauen dazu – was man ja von dir nicht behaupten kann."

Gero empfand Mikes Worte als Kompliment. Es bereitete ihm großes Vergnügen, wenn er andere schockieren, schikanieren oder beleidigen konnte.

„Na und? Warum bin ich deswegen so schlecht?", *fragte er provozierend.* „Bloß weil ich anderer Ansicht bin? Ich denke bloß real! Die Weiber sind nun mal dafür da, dass man sie ..."

„Du redest Blödsinn!", *unterbrach Mike ihn rasch.* „Was soll das? Denkst du mal daran, wie Nina unter deinem Verhalten leidet?"

„Muss sie doch gar nicht", *wehrte Gero ab.* „Ich vernachlässige meine Frau nicht; und das, obwohl die nichts für mich übrig hat."

Nina hatte die letzten Worte Geros gehört. Ihre Stimme überschlug sich. „Meinst du nicht, es reicht, wenn du mit deinem dreckigen Nuttenpack herumgehurt hast? Dann brauchst du zu mir nicht mehr zu kommen! Da hole ich mir ja Gott weiß was! Und außerdem, von so einem Schwein, wie du es bist, lasse ich mir doch kein zweites Kind anhängen!"

Es sah aus, als wollte sich Nina auf ihren Mann stürzen. Katja, die ihrer Freundin gefolgt war, griff rasch zu und hielt die keifende Nina fest. Gero ließ seine Wut an der Zigarette aus, die er im Aschenbecher zerstörte.

„Ach, halt doch die Schnauze, du Miststück", *fauchte er.* „Was willst du eigentlich? Du bist doch froh, wenn du dich in meinem Dreck suhlen darfst! Das ist nämlich meine Wohnung! Und wenn's mir passt, schmeiß ich dich raus!"

„Dazu hast du kein Recht!", brüllte Nina zurück. „Aber mir ist das sowieso scheißegal! Wenn du so weitermachst, gehe ich freiwillig!"

Gero schien wieder Spaß an der Szene zu bekommen, die alle anderen bedrückte. Er lachte herausfordernd. „Gehen willst du? Das kannst du ja gar nicht, du blöde Ziege! Du bist und bleibst meine Frau und tust gefälligst, was ich dir sage! Hast du gehört? Du gehörst mir, mir, mir!"

Er hatte Katja zur Seite gestoßen und sich Nina gepackt, ehe Mike oder Katja etwas tun konnten, und schüttelte Nina wie einen Sack hin und her. Sie wehrte sich nicht. Ihr Kopf flog haltlos von einer Seite zur anderen. Dann gaben ihre Beine nach.

Endlich gelang es Mike, Gero zurückzureißen. „Schluss jetzt! Es reicht! Wenn du unbedingt spinnen willst, dann mach das mit dir alleine ab. Lass wenigstens deine Familie aus dem Spiel. Und lass endlich Nina in Ruhe!"

„Wer lässt hier wen nicht in Ruhe?", rief Gero aufgebracht und versuchte, Mikes hartem Griff zu entkommen.

Mike schob ihn vor sich her. „Reiß dich endlich zusammen!"

„Wozu? Weil eine billige Nutte keift? Frag doch mal deine Alte, für wen sie die Beine schon breit gemacht hat!"

Geros letzte Worte waren kaum zu verstehen, da Mike ihm den Mund zuhielt. Er schob ihn aus dem Wohnzimmer und zog die Tür hinter sich zu.

Nina lag in Katjas Armen und weinte. Katja zitterte erbärmlich. Sie hatte furchtbare Angst. Gleichzeitig war sie von unbändiger Wut erfüllt.

Immer wieder war es dasselbe. Gero liebte diese Art der Unterhaltung. Jede so genannte Diskussion war sinnlos und endete in einem neuen Drama.

Mike und Katja hätten längst die Verbindung zu den Wenzels abgebrochen, wenn da nicht Nina und ihr kleiner Sohn gewesen wären. Sie wollten sie nicht im Stich lassen und hofften, dass sie Nenè irgendwann überreden konnten, sich endlich scheiden zu lassen.

Wie viele Gespräche hatte es schon gegeben! Katja wurde jedes Mal drängender und besorgter, bot wieder und wieder Hilfe und Unterkunft *an. Aber Nina weigerte sich standhaft, fast trotzig. Sie suchte immer noch nach einer Chance für ihre große Liebe. Noch glaubte sie an Gero, wollte an ihn glauben, trotz aller hässlichen Szenen, trotz besseren Wissens, trotz Schmerzen, Leid und finanzieller Nöte. Er war ihr erster Mann, und sie wünschte sich nichts mehr, als dass er auch ihr letzter sein würde ...*

Sie liebte ihn. Immer noch. Trotz allem. Zum Sterben.

Nervensache

Katja rief im Büro an. Sie wusste gar nicht, was sie sagen sollte. Nenès Verschwinden war so unwirklich – und doch war es geschehen.

„Wie geht es Ihnen, Frau Georgi? Wann kommen Sie wieder?", fragte die Kollegin in der Zentrale fröhlich.

„Mir geht es ganz gut. Der Kreislauf will nur nicht so recht. Er muss sich erst an das Baby gewöhnen!" Katja konnte sich das Ich-hab-es-ja-gewußt-Gesicht von Frau Meier sehr gut vorstellen.

„Dann hatten Sie also recht?", plapperte die Kollegin munter weiter. „Das ist ja wunderbar für Sie ..."

„Ja, Frau Meier. Aber bitte verbinden Sie mich mit Frau Vermeer. Bitte schnell!" Katja unterbrach das Gespräch. Sie hatte keine Zeit für Plaudereien. Die Angst um Nina saß ihr im Nacken.

Wenige Sekunden später kam Cynthia Vermeer ans Telefon. „Hallo, Katja! Was ist los? Sehnsucht nach der Arbeit?"

Durch Katja hatte Cynthia in Nina die richtige Pflegemutter für ihren Sohn Steffen gefunden. Mit dem Geld, das sie Nina dafür gab, glaubte sie, sich ihre Freiheit erkauft zu haben. Während der Woche verschwendete sie kaum einen Gedanken an ihren Sohn. Dass sie auch einmal gebraucht werden könnte, wäre ihr nie in den Sinn gekommen.

Katja hatte für die leichtsinnige Art ihrer inzwischen knapp achtzehnjährigen Kollegin kein Verständnis. Der Übermut in Cynthias Stimme traf sie heute noch viel mehr als sonst.

„Cynthia, komm bitte sofort zu mir nach Hause!", bat sie mit rauer Stimme.

„Spinnst du? Ich kann doch hier nicht weg!"

„Unterbrich mich nicht, sonst ..." Katja schluchzte und fing sich wieder. „Ich meine es ernst! Nina ist weg!"

„Weg? Was heißt das denn schon wieder? Verarschen kann ich mich allein!" Cynthia begriff nichts. Und doch war etwas in Katjas Stimme, das ihr eine unbestimmte Angst einjagte.

„Du sollst mich nicht unterbrechen! Ich halte es nicht mehr aus! Sie ist weg, weg, weg!", schrie Katja hysterisch und dann gefasster: „Bitte, komm sofort! Steffen ist bei mir. Er ist für mich einfach zu schwer. Das pack' ich jetzt nicht."

„Katja, ich ..." Cynthia bekam das große Schlucken. „Ich komme so schnell wie möglich. Pass auf, bis ich da bin, ist auch Nina wieder zu Hause. Wo steckt Patrick?"

„Den hat Gero gestern zu seinen Eltern gebracht", gab sie zurück. „Das ist es ja, was mir so entsetzliche Angst einjagt! Bitte beeile dich! Bis gleich!"

Als Katja das Telefon wegstellte, fiel ihr auf, dass sie schon längere Zeit nichts von Steffen gehört hatte. Sie fand das Kind schlafend in der Küche und brachte es in ihr Bett. Der Kleine war so müde, dass er nichts davon merkte. Ein seliges Lächeln lag auf seinem Gesichtchen, als er sich in die Kissen kuschelte. Wovon mochte er träumen?

Katja genoss den Anblick des schlafenden Kindes. Neun Monate lang musste sie nun warten, bis sie ihr eigenes Baby hatte. Die Zeit wurde ihr jetzt schon zu lang. Wie sehr Nina sich freuen würde, wenn sie davon erfuhr! Gestern hatte sie es ja noch nicht glauben wollen.

Mit einem zärtlichen Lächeln ging Katja ins Wohnzimmer zurück. Wenn Nenè erst wieder da war, würden sie herrlichen Zeiten entgegengehen!

Das Telefon klingelte Katja aus ihren Träumen. Sie rannte hinüber und riss den Hörer hoch: „Nina?"

„Nein, Katja, hier ist Frau Langner."

Katjas Herz schlug so heftig, dass sie glaubte, man müsste es durchs Telefon hören können. Ihre Stimme überschlug sich fast. „Ist Nina bei Ihnen? Was ist passiert? War Gero schon da?"

„Gero war hier, aber Nina nicht. Katja, wo ist sie? Was hat er mit ihr gemacht?" Ninas Mutter versagte die Stimme.

„Aber Frau Langner!"

„Sie hatten Streit, gestern, hier bei mir. Er will sich nicht scheiden lassen. Er ist ein Untier, eine Bestie! Er hat eine Freundin, so ein ganz junges Ding. Nina hat ihn beschimpft. Da wollte er auf sie los. Und sie ist trotzdem mit ihm gefahren! Ich habe sie so gewarnt! Katja, wo ist sie?" Frau Langner weinte jetzt haltlos vor sich hin. „Katja, bitte!"

Katja wurde ganz ruhig, kühl und schrecklich sicher. Sie war nicht mehr sie selbst, schien nur noch eine Maschine zu sein, die auf den richtigen Knopfdruck richtig reagierte. Sogar ihre Stimme klang klar und vernünftig. Sie war sich selbst fremd.

„Sie dürfen sich nicht so aufregen, Frau Langner. Und sie dürfen nicht solche Sachen über Gero sagen. Er ist sehr unglücklich und sucht Nina überall."

„Suchen nennt er das? Frech wird er auch noch!"

„Er hat erzählt, dass Nina gestern noch zu uns wollte."

„Der lügt doch, wenn er den Mund aufmacht, der Verbrecher, der Tagedieb! Der macht sie noch kaputt!"

Katjas Angst stieg ins Unermessliche. „Wenn Nina bis elf Uhr nicht hier ist, rufe ich die Polizei an."

„Dann erzähl' der Polizei auch, was der Kerl hier gesagt hat!", rief Hilde Langner verzweifelt ins Telefon. „Er hat die Scheidung abgelehnt, eher bringt er sie um, hat er gesagt! Und jetzt ist sie weg! Was soll ich nur meinem Mann sagen? Der kommt heute aus der Kur!"

„Wir können nur warten, Frau Langner! Es wird sich alles klären. Sie können den ganzen Tag über hier anrufen. Ich bin zu Hause. Sollte sich Nina zuerst bei mir melden, gebe ich Ihnen sofort Bescheid!"

„Danke, Katja!" Frau Langner konnte gar nicht mehr aufhören zu schluchzen und war kaum noch zu verstehen. „Du bist die einzige Freundin, die Nina hat!"

Nachdem Katja aufgelegt hatte, merkte sie, dass sie von Kopf bis Fuß zitterte. Die Tränen liefen in Strömen über ihr Gesicht. Sie warf sich auf die Couch und schluchzte in die Kissen. Es dauerte lange, bis der Tränenstrom versiegte. Sie nahm sich eine Zigarette und trank den letzten Kaffee. Sie wollte sofort neuen kochen. Am besten gleich eine große Kanne. Die sollte schon leer werden. Sie hatte keinen Ahnung, wie viel Kaffee sie heute schon gekocht hatte.

Als ob Kaffee das Allheilmittel wäre!

Eigentlich hatte sie sich vorgenommen, in der Schwangerschaft nicht zu rauchen. Aber dieser Tag war so anders, hatte nichts mit ihrem normalen Leben zu tun. In ihrer Angst und Not klammerte sie sich an die Zigarette, obwohl der Verstand ihr sagte, dass sie auf diese Weise weder Halt noch Gewissheit oder gar eine Lösung fand.

Sie versuchte, sich mit vielen Kleinigkeiten zu beschäftigen. Nur nicht nachdenken! Viele Dinge fasste sie nur an, um sie von einer Seite auf die andere zu legen.

Nina! Wo war Nina?

Es gelang ihr nicht, sich von den immer wiederkehrenden bohrenden Fragen zu lösen.

Sie schaute nach Steffen. Er schlief noch immer. Das war wohl am besten für den kleinen Kerl, der ja noch nicht verstehen konnte, was die Aufregung um ihn herum bedeutete.

Wenn doch erst Cynthia da wäre! Katja wollte nicht mehr allein sein mit ihren entsetzlichen Befürchtungen, mit ihrer Not und mit ihrer Wut – auf Gero.

Es schellte. Gero kam zurück. Er sah Katja kurz an und schüttelte den Kopf.

„Komm rein", sagte sie leise und holte die Kanne mit dem frischen Kaffee aus der Küche. Gero griff gierig danach.

„Ich warte noch bis elf Uhr", erklärte Katja fest und versuchte Geros unsteten Blick zu erhaschen. „Wenn wir bis dahin von Nenè nichts gehört haben, rufe ich die Polizei an."

Er wurde um einen Schein blasser. „Warum?"

Welche Frage! „Vermisstenanzeige."

„Ach so!"

Er schluckte ein paar von den Baldrianpillen. Als Katja sah, dass die Schachtel schon beinahe leer war, stürzte sie fast über den Tisch und schlug sie Gero aus der Hand. Die Pillen flogen durch das Wohnzimmer. Entgeistert schaute Gero hinter den davon kullernden Dragees her, als könnte er nicht begreifen, wieso die Dinger so plötzlich in Bewegung geraten waren.

„Du spinnst wohl!", fauchte Katja ihn an. „Meinst du, damit machst du was besser? Du hast doch 'nen Vogel! Zwei Stück, hatte ich gesagt, und nicht die ganze Packung!"

„Ist ja schon gut!" Seine Stimme war ungewöhnlich sanft. Er starrte angelegentlich auf seine zitternden Finger. „So ein paar, die haben ja nichts genutzt."

Mühsam sammelte er dann die Dragees wieder ein. Katja holte tief Luft, als wollte sie noch einmal loslegen. Aber dann sagte sie nichts mehr, setzte sich wieder in ihren Sessel und beobachtete ihn genau. Sie spürte, wie ihr dieser Tag immer mehr zu schaffen machte, physisch und psychisch. Ganz gleich, was geschah, niemals würde sie diese schrecklichen Stunden vergessen können.

„Frau Langner hat angerufen." Kühl standen diese Worte im Raum.

Gero sprang auf und starrte Katja erschreckt an. Hektisch zündete er sich die nächste Zigarette an und rauchte hastig. „Und?"

„Nichts und! Warum fragst du? Du warst doch da!" Katja ließ ihn nicht eine Sekunde aus den Augen.

„Die konnte mich doch noch nie leiden!"

„Du hast ihr ja auch genügend Gründe dafür gegeben!"

Er antwortete nicht. Eine Zeitlang brütete er vor sich hin. Dann stand er plötzlich auf.

„Ich gehe mal zum Doktor rüber", erklärte er. „Gestern habe ich an meinem Auto was repariert und mich irgendwie dabei am Arm verletzt."

Alarmiert blicke Katja ihn an. Richtig glauben mochte sie ihm nicht. Es klang nach einer Ausrede und gleichzeitig nach Gefahr. „Zeig mal her! Was hast du denn nun schon wieder angestellt?"

Sie überwand ihren Widerwillen, kam zu ihm herüber und wollte nach dem verletzten Arm greifen, den er ihr entgegengehalten hatte. Aber Gero trat einen Schritt zurück.

„Ach, lass doch!", wehrte er hastig ab. „Da ist nichts zu sehen. Das hat Nina mir gestern schon verbunden." Seine Stimme klang unsicher.

„Nina!" Katja sah seinen unsteten Blick. Sie wusste nicht, wie sie ihr Misstrauen formulieren sollte, ohne ihn wütend zu machen. Nein, sie glaubte ihm kein Wort. Und diese Verletzung … Aber was wollte sie ihm eigentlich vorwerfen?

Seufzend wandte sie sich ab. „OK! Mach, dass du zum Arzt kommst. Du kannst dann nachher hier zu Mittag essen."

Kaum ausgesprochen, tat ihr die Einladung schon wieder leid. Zurücknehmen konnte sie ihre Worte jedoch nicht mehr.

Erleichtert nahm Gero seine Jacke und ging hinaus. An der Wohnungstür stieß er mit Cynthia Vermeer zusammen.

„Oh, hallo!", murmelte er. Dann raste er die Treppen hinunter. Verdutzt sah Cynthia hinter ihm her.

Vermisstenanzeige

„Was ist denn nun wirklich los?", war Cynthias erste Frage, nachdem sie sich ungeniert Kaffee in Geros Tasse eingeschenkt hatte. „Musstest du mich unbedingt aus dem Büro holen? Ich habe wahrhaftig schon Ärger genug!"

Das war typisch Cynthia. Immer dachte sie nur an sich selbst. Ungeduldig trommelte sie mit den Fingern auf dem Tisch herum.

„Nun sag schon was!", forderte sie mit unverhohlenem Ärger in der Stimme.

Katja schluckte. Sie suchte nach einer sanfteren Formulierung. Aber es gab kein Wort, das ihre Not hätte beschönigen können. „Nina ist weg!"

„Wieso das denn?" Cynthia legte ihre schlanken Beine dekorativ übereinander und lehnte sich zurück.

„Nina und Gero haben sich gestern Abend gestritten. Da ist sie wohl weggelaufen, und seitdem ist sie verschwunden." Katja hatte Mühe, ein Schluchzen zu unterdrücken.

„Das gibt's doch gar nicht! Nina läuft nicht einfach davon! Dazu ist sie viel zu blöd. 'tschuldige, pflichtbewusst nennt man das ja", setzte sie herausfordernd hinzu. „Hör mal, ihr seid doch nicht übergeschnappt und wollt Gero eins auswischen?"

Katja richtete sich empört auf. „Wie meinst du das?"

„Tu nicht so harmlos! Ich kann's ja verstehen. So ein toller Kerl ist er ja nun wirklich nicht. Das hat er jedoch nicht verdient, dieses alberne Theater! Na gut, kann man mal machen. Aber einmal muss Schluss sein mit der Show!" Cynthia griff nach ihren Zigaretten. „Das ist jetzt kein Spaß mehr. Ist schon ganz schön dreist, dass ihr mich da reinzieht. Also sag schon, wo hat sich Nina versteckt?"

Katja verschlug es die Sprache.

„Ich weiß, dass du Gero magst, Cynthia", stieß sie hervor. „Und wenn Nenè wiederkommt, soll es mir egal sein, ob du etwas mit ihm gehabt hast oder nicht. Ich werde nie verstehen, wie du Nenè so etwas antun kannst. Dabei hast du dich bei ihr nur zu bedanken!"

Cynthia zuckte lässig mit den Schultern und griff nach der Kaffeekanne. „Du erlaubst?"

Katja nickte und zog schnell Geros Tasse weg. „Du bekommst eine frische Tasse", sagte sie knapp.

„Übernimm dich nicht!"

Cynthia hatte für die Katja nur ein abfälliges Lächeln. Sie gehörte zu der Sorte Menschen, die jeden ausnutzten, wann immer es ging. In ihren Augen waren Katja und Nina Schafe, die ihr gerade recht kamen, weil sie sie brauchte. Mehr nicht.

Katja nahm das Geschirr aus dem Schrank. Während sie den Kaffee einschenkte, gab sie sich große Mühe, gelassen zu erscheinen. Aber dann hielt sie es nicht mehr aus.

„Wenn Gero vom Arzt kommt, rufe ich bei der Polizei an!", platzte sie heraus.

„Was sollen denn die Bullen hier?" Cynthias Verständnislosigkeit war nicht zu überhören.

„Es wird höchste Zeit für eine Vermisstenanzeige!"

„Sag mal, jetzt drehst du wohl total am Rad!", brüllte Cynthia empört. „Wenn Nina und Gero sich streiten, geht das die Bullen gar nichts an! Was, um Himmels willen, hat Gero dir getan, dass du ihm so etwas antust?"

Katja schluckte. Es hatte keinen Sinn, auf Cynthia einzugehen. Sie kannte nur ihre eigenen Bedürfnisse. Die der anderen waren ihr gleichgültig.

„Denk an deinen Sohn!" Katja schob den Schlüssel von Ninas Wohnung über den Tisch. „Wenn du deinen Kaffee getrunken hast, gehst du bitte mit Steffen rüber. Er braucht eine frische Hose. Zum Mittagessen kannst du herkommen. Am besten legst du den Kleinen in der Zeit hier ins Bett."

Wenig später zog Cynthia maulend mit ihrem Sohn ab. Es passte ihr überhaupt nicht, wie Katja alles in die Hand genommen hatte. Und von der Polizei wollte sie schon gar nichts wissen! So eine blöde Anzeige war in ihren Augen überflüssig.

Katja war erleichtert, als Cynthia die Wohnung verlassen hatte. Sie musste nachdenken, legte sich aufs Sofa und versuchte, sich zu der entsprechenden Gelassenheit zu zwingen. Sie sehnte sich nach Ruhe und fand sie nicht.

Als Gero zurückkam, wanderte sie bereits seit geraumer Zeit unruhig im Flur auf und ab.

„Hallo", rief Gero fast fröhlich. Er schien vergessen zu haben, dass er eigentlich seine Frau suchte.

Katjas fragenden Blick bezog er natürlich auf sich.

„Ich bin krankgeschrieben", erklärte er zufrieden. „Rufst du in meiner Firma an und entschuldigst mich?"

Sein Verhalten irritierte sie. „Du bist doch kein kleines Kind! Kannst du das nicht selbst tun?"

„Katja, bitte, in dieser Situation ..."

Sie gab nach und rief seinen Chef an. Allerdings verstand sie nicht, warum dieser sein Lachen kaum unterdrückte. Es verwirrte sie. Zum Nachdenken blieb ihr jedoch keine Zeit.

Erst ein paar Tage später erfuhr sie den Grund für den unerwarteten Heiterkeitsausbruch von des Vorgesetztem: Gero war bereits seit zwei Tagen arbeitslos. Er hatte die fristlose Kündigung erhalten, weil er immer wieder ohne jede Entschuldigung gefehlt und dann auch noch eine Krankmeldung gefälscht hatte.

Da sie nun schon einmal am Telefon saß, rief Katja die Vermisstenstelle der Kriminalpolizei an. Die Hilfsbereitschaft, die Freundlichkeit und das hörbare Mitgefühl der Beamten tat Katja gut. Helfen konnte man ihr jedoch nicht und verwies sie an die Unfallstelle. Auch dort bekam sie keinen Hinweis. Ein Unfall mit einer jungen unbekannten Frau hatte es in den letzten vierundzwanzig Stunden nicht gegeben.

Während Gero weitere Anrufe von vorn herein ablehnte, war Katja davon überzeugt, dass nur die Polizei eine Spur zu Nina finden konnte.

Sie versuchte, den Notruf zu erreichen, probierte es bei der Feuerwehr und wieder bei der Vermisstenstelle.

Da Katja aber nicht nachgab, versprach man ihr, von der nahe gelegenen Polizeiwache zwei Beamte zu schicken.

Als die Polizisten wenig später eintrafen, dauerte es nicht lange, bis Katja nicht mehr wusste, wo ihr der Kopf stand. Fragen über Fragen prasselten auf sie nieder. Da Gero kaum antwortete, war es Katja, die mit den Beamten sprach.

Einer der Polizisten ging mit ihr auf den kleinen Balkon und ließ sich den Weg zeigen, den Nina gehen musste, wenn sie zu ihrer Freundin wollte. Nun erzählte Katja auch, was Hilde Langner ihr am Telefon anvertraut hatte, und sprach über ihre eigenen Ängste und Bedenken. Während dieser Zeit hatte sich der andere Polizist mit Gero beschäftigt, der sich als ahnungsloser und leidender Ehemann gab.

„Streiten sich die beiden oft?", fragte der Beamte auf dem Balkon.

„Ja." Katjas Antwort war kaum zu verstehen.

„Hat er sie geschlagen? Haben sie das gesehen?"

„Er schlug sie öfter. Auch wenn ich dabei war." Ihre Stimme bebte. „Auch vor dem Kleinen. Gestern war ich nicht bei Nina. Ich weiß also nicht, was vorgefallen ist."

„Es reicht auch so", meinte der Polizist.

„Gibt es jetzt eine Vermisstenanzeige?", fragte sie fast erleichtert.

„Ja, wenn der Ehemann einverstanden ist."

Gero wagte es nicht, sich zu widersetzen. Dabei zitterte er so sehr, dass ihm sogar die Zähne klapperten; dennoch stimmte er Katja mit heftigem Nicken zu.

Nun brauchten die Beamten noch eine Beschreibung von Nina. Da sie sich umgezogen hatte, ehe sie mit Gero zu ihrer Mutter gefahren war, gab es noch ein kurzes Hin- und Her in Sachen Kleidung, bis alles geklärt war.

Katja brachte die Beamten zur Tür. Sie versprachen ihr, sofort anzurufen, wenn man etwas herausgefunden hatte.

Als sie ins Wohnzimmer zurückkam, hatte sich Gero auf die Couch geschmissen und paffte so viele Rauchwolken in die Luft, dass man ihn kaum noch sehen konnte.

„Ich mache jetzt etwas zu Essen", erklärte sie mit erzwungener Ruhe. „Es wird langsam Zeit, dass wir etwas in den Magen kriegen."

„Aber nicht viel", verlangte Gero. „Ich kriege nichts runter!"

„Ich habe noch einen Rest von gestern", rief sie aus der Küche. „Nina und ich haben nicht alles geschafft. Für heute wird es wohl noch reichen!"

„Mach lieber noch Kaffee", verlangte Gero unwillig.

Schon wieder Kaffee! War er wirklich das Allheilmittel?

Während Katja Georgi dem Mörder Gero Wenzel das Mittagessen servierte, wurde auf einer Müllkippe, nicht weit entfernt, die Leiche der neunzehnjährigen Nina gefunden.

Prügel

Als sie vor ein paar Tagen miteinander telefoniert hatten, hatte Nenès Stimme noch ganz fröhlich geklungen.

„Tschüs, bis Samstag zum Kaffee", hatte sie gesagt. „Ich backe uns einen schönen Kuchen!"

Nun standen Katja und Mike vor Ninas Tür, und Katja hatte, wie schon so oft, ein seltsames Gefühl in der Magengrube.

„Ich weiß nicht", sagte sie zaghaft und griff nach Mikes Arm. „Mir ist richtig komisch. Wenn da oben nur alles in Ordnung ist!"

Sie seufzte vor sich hin. Es wäre ja nicht das erste Mal, dass sie in einen Streit von Nina und Gero hineinplatzten.

„Es wird schon nicht so schlimm werden", meinte Mike eine Spur zu sorglos, als dass sie seinem Optimismus geglaubt hätte. „Du hast doch vorgestern noch mit Nina gesprochen."

„Vorgestern ist nicht heute", erwiderte Katja.. „Und zwei Tage sind eine lange Zeit, Mike. Am liebsten würde ich mich vor diesem Besuch drücken! Ich kann Gero einfach nicht ertragen."

Wenig später standen sie vor einer völlig verweinten Nina und erfuhren, dass Gero nach einem heftigen Streit wieder einmal zum Baggersee gerannt war. Er hatte ein paar Flaschen Bier mitgenommen und wollte sich angeblich mit Freunden treffen.

Katja warf Mike einen vielsagenden Blick zu. Noch nie hatte sie ihr Gefühl getrogen!

„Lass ihn doch", versuchte sie, Nina zu trösten. „Dann trinken wir eben allein Kaffee und machen uns einen gemütlichen Nachmittag."

Aber Nina ließ sich nicht so einfach beruhigen.

„Gero war wütend, weil ihr kommen solltet", erzählte sie unter Tränen. „Seit er Ärger mit der Firma hat, will er nichts mehr von euch wissen. Und dann hat er wieder angefangen zu schreien!"

„Hat er dich geschlagen?", fragte Katja leise.

„Nein, er war ja noch nüchtern. Ich bin auch ganz ruhig geblieben, als er mich beschimpft hat. Mir ist es längst egal, was das Schwein sagt!"

Sie warf sich plötzlich in Katjas Arme. Ihr Schluchzen war heftiger geworden, und ihre Worte waren kaum noch zu verstehen, endeten in hilflosem Gestammel, bis endlich ein Satz erkennbar wurde.

„Aber wenn es gegen Patrick geht, drehe ich durch! Das halte ich einfach nicht aus!"

„Er wird doch dem Kind nichts tun!", empörte sich Mike. „Ihr beide müsst hier raus! Das geht doch so nicht weiter!"

„Bis jetzt hat er den Kleinen nicht angefasst", berichtete Nina mit leiser Stimme. „Gero droht nur mit so schrecklichen Dingen. ‚Ich setz ihn auf die heiße Herdplatte', hat er gesagt!"

Es kostete viel Mühe und fast einen ganzen Nachmittag, bis Nina etwas ruhiger wurde und auf vernünftige Vorschläge einging. Erst als sie versprachen, dass sie auf Gero warten wollten, wischte Nina energisch die letzten Tränen weg.

Gemeinsam bereiteten Nina und Katja das Abendessen vor, während Mike Patrick versorgte. Der Kleine schlief schon fest, als Gero laut polternd die Wohnung betrat. Er war völlig betrunken.

Als er Mike und Katja sah, blieb er einen Augenblick lang wie erstarrt in der Küchentür stehen. Dann verzerrten sich seine Züge.

„Raus!", brüllte er los. „Ich will euch hier nicht sehen!"

Nina zuckte entsetzt zusammen und hielt sich krampfhaft an einer Stuhllehne fest. „Gero", flüsterte sie. „Wie kannst du nur ..."

„Ich kann!", schrie er. „Das ist meine Wohnung! Da kann ich rausschmeißen, wen ich will!"

Katja schob Nina zur Seite und ging auf den betrunkenen Gero zu, noch ehe Mike sie zurückhalten konnte.

„Wir haben Nina besucht." Sie bemühte sich, ihrer Stimme einen neutralen Klang zu geben. „Wenn du deinen Kopf unter kaltes Wasser gehalten hast, kannst du essen. Es ist alles fertig. Wir werden dich nicht weiter stören."

Katja wollte die Küche verlassen, aber Gero stieß sie zurück, dass sie stolperte. Mike fing sie auf und wollte sich gerade diese Art der Behandlung verbitten, da stürzte Gero auch schon auf ihn los.

„Sag deiner Schickse, sie soll die Schnauze halten, oder ich bring dich um!"

Das war auch für die mühsam beherrschte Katja zu viel! „Mir sagt keiner, was ich zu tun habe!", schleuderte sie Gero entgegen und schüttelte Mikes Arm ab. „Und schon gar nicht so ein besoffener Kerl wie du! Anstatt zu saufen solltest du lieber arbeiten und dich um deine Familie kümmern!"

Mit einem heiseren Aufschrei stürzte sich Gero auf den verdutzten Mike. Wie Eisenklammern schlossen sich seine Hände um dessen Hals. Schiere Mordlust war in seinen Augen zu lesen.

„Gero!", kreischte Nina angstvoll und versuchte, ihren Mann von dem sich heftig wehrenden Mike wegzuziehen. Auch Katja warf sich dazwischen und packte verzweifelt in Geros verfilzten Haarschopf.

Eine kurze Zeit rangen sie miteinander. Der Alkohol schien Gero Bärenkräfte zu verleihen. Endlich schaffte es Mike, den Betrunkenen wegzustoßen.

„Hast du sie noch alle?", keuchte er. „Du kannst doch nicht mehr normal sein!"

Gero lehnte schwer atmend an der Küchentür und grinste zynisch. „Ich hab's dir ja gesagt!" Langsam wandte er sich ab.

„Du gemeiner Mistkerl!", heulte Nina auf und warf ihrem Mann den nächsten greifbaren Topfdeckel in den Rücken. So unsinnig diese Tat war, ihre ganze Verzweiflung und Hilflosigkeit spiegelte sich darin wieder.

Gero fuhr herum. An den Haaren zerrte er Nina in den kleinen Flur. Mit beiden Fäusten schlug er auf sie ein, bis sie zu Boden ging. Seine Tritte waren so hart, dass die überschmale Nina wie eine Puppe quer durch den Flur flog und mit dem Kopf gegen den Rahmen der Badezimmertür schlug.

Wieder wollte sich Gero auf seine wimmernde Frau stürzen. Doch Mike hatte endlich eine Möglichkeit gefunden, ihn festzuhalten und zurückzudrängen.

„Jetzt ist Schluss! Du bist ja wahnsinnig! Katja, hol Patrick! Und Nina, du nimmst deine Tasche, wir gehen!"

„Das geht nicht!" Noch immer lag Nina am Boden und schluchzte haltlos. „Das geht doch nicht!"

„Haut bloß alle ab", geiferte Gero. „Und vergesst das Balg nicht!"

Mike ließ ihn vorsichtig los. Als Gero sich ruhig verhielt und sich sogar in die Küche zurückzog, half Mike Nina beim Aufstehen. Gemeinsam packten sie die notwendigsten Sachen in eine Reisetasche, während Katja das Baby anzog. Patrick weinte jämmerlich. Nina schluchzte. Gero keifte noch immer vor sich hin. Katja hatte das Gefühl, einen Alptraum zu erleben.

Endlich saßen sie in Mikes Auto. Gero hatte ihnen noch nachgerufen, sie sollten sich nie wieder blicken lassen.

Katja und Nina atmeten erst erleichtert auf, als sie in der Wohnung von Katjas Eltern für Patrick ein Bett gemacht hatten.

Helga Preuss fragte nicht viel. Doch schon bald vertraute sich Nina ihr an. Sie musste einmal alles loswerden

„Warum gehst du nicht zu deinen Eltern?", fragte Frau Preuss mitfühlend.

Gequält zuckte Nina mit den Schultern. „Was soll ich dort? Sie haben mich lieb, sicher. Aber wenn ich etwas von meinem Leben erzähle, machen sie mir nur Vorhaltungen. Schließlich habe ich ja darauf bestanden, Gero zu heiraten. Nein, Hilfe kann ich von meinen Eltern nicht erwarten."

Dass Nina Wenzel am nächsten Tag zu ihrem Mann zurück wollte, konnte keiner verstehen. Noch immer glaubte sie an die Macht ihrer unendlichen Liebe …

Hätte man sie nicht gewaltsam an der Rückkehr in ihre Ehehölle hindern müssen?

Verletzte Seelen

Wenn Träume vergehen,
wenn Hoffnung verloren,
sterben Seelen.

Wenn Sonne nicht wärmt,
Wind keine Kühlung mehr bringt,
sind Seelen verweht.

Wenn Augen nicht sehen,
wenn Lippen schweigen,
kranken Seelen.

Wenn Fühlen nicht spürbar,
wenn Zärtlichkeit fehlt,
zerbrechen Seelen.

Wenn Berühren wehtut,
wenn Streicheln schmerzt,
sind Seelen verletzt.

Warum?

Identifizierung

Sie saßen stumm am Tisch, jeder in seine eigenen trüben Gedanken versunken.

Als Katja die Suppentassen in die Küche brachte, stellte Cynthia in verächtlichem Ton fest: „Ich versteh das alles nicht. Die Aktion mit den Bullen war ja wohl überflüssig! Einen Tick hat doch jeder mal!"

„Katja weiß schon, was sie tut", antwortete Gero dumpf.

„Ach nee, ich dachte, eure Ehe ginge keinen was an. Seit wann darf denn Katja da mitreden?", fragte Cynthia spitz.

Gero schien überhaupt nicht zugehört zu haben. Seufzend zog er die Schachtel mit den Beruhigungstabletten aus der Tasche und warf sich ein paar davon in den Mund.

Katja knallte die Nudelschüssel in unterdrückter Wut auf den Tisch und griff hastig nach den Pillen. Die am Morgen gekaufte Schachtel war inzwischen fast leer.

„Du bist wirklich verrückt geworden!", fauchte sie los. „Du solltest ein paar nehmen und nicht gleich fünfzig Stück in dich hineinstopfen! Wenn du dich umbringen willst, bitte, nur zu! Aber nicht bei mir! Mit Baldrian wird dir das übrigens nicht gelingen!"

Gero war bei dem Wort umbringen heftig zusammengezuckt und duckte sich, als bekäme er Schläge.

Cynthia stieß ein unechtes Lachen aus. „Lass ihn doch! Schließlich ist Gero der arme, verlassene Ehemann! Siehst du nicht, wie er leidet?"

„Halt die Schnauze!", brüllte Gero dazwischen.

Katja stand noch immer hinter Gero. Mit starrem Gesicht nahm sie die Schüssel wieder hoch.

„Schluss jetzt! In meiner Wohnung wird nicht gebrüllt! Ich räume gern ab, wenn ihr euch weiter streiten wollt! Für euch macht das Kochen wahrhaftig keinen Spaß!"

Gero nahm ihr die Schüssel aus der Hand. Katja ging in die Küche zurück und holte die Sauce. Schweigend aßen sie weiter.

Cynthia beobachtete Katja und Gero aus halbgeschlossenen Augen. Sie rutschte unruhig auf ihrem Stuhl hin und her und hoffte, dass sie endlich gehen konnte. Katja zu sagen, was sie von diesem „Spiel" hielt, wie sie es bei sich nannte, wagte sie nicht.

„Ich muss mit Steffen rüber. Er braucht seine Windeln und seinen Brei. Vielen Dank fürs Essen, Katja!"

Cynthia brachte sogar die Teller in die Küche – ein seltener Anfall von Hilfsbereitschaft – und verließ dann fast fluchtartig mit ihrem Sohn die Wohnung.

Katja setzte wieder einmal die Kaffeemaschine in Gang und begann zu spülen. Alles, was sie tat, geschah so mechanisch, dass es ihr selbst schon komisch vorkam. Zeitweise schien es ihr, als wäre die Katja, die voller Angst auf Nina wartete, eine Fremde, eine Schauspielerin auf einer Bühne. Sie fühlte sich so unendlich fremd in sich selbst, in ihrer eigenen Wohnung …

„Gero, ich muss kurz zu einer Nachbarin gehen. Sei so nett und trockne mir in der Zwischenzeit das Geschirr ab!", bat sie mit hohl klingender Stimme.

Gero nickte ergeben. „Ich bleibe beim Telefon. Irgendwann muss sie doch anrufen!"

„Du musst warten. – Ich stell die Kaffeekanne auf den Tisch. Nimm dir, wenn du magst."

Als Katja ging, saß Gero Wenzel im Wohnzimmer auf der Couch – genau in der Mitte, unter den gekreuzten Speeren, der Lieblingsdeko von Mike, und starrte vor sich hin.

Eine halbe Stunde später schloss sie ihre Wohnungstür wieder auf. Plötzlich klopfte ihr Herz bis in den Hals. Ihre Nervosität verursachte ihr Magenschmerzen.

Warum war es so still in der Wohnung?

„Gero?", rief sie fragend.

Katja ließ die Korridortür offen und lief ins Wohnzimmer. Gero war nicht da.

In der Küche fand sie das Geschirr, das er natürlich nicht abgetrocknet hatte. Es wäre auch ein Wunder gewesen, dachte sie erbittert.

Katja sah ins Badezimmer, ins Kinderzimmer, ins Schlafzimmer, sogar unters Bett und in den Einbauschrank im Flur. Ihre Sucherei wurde immer hektischer und unnatürlicher.

Aber hinter welche Türe sie auch von ihrer Furcht getrieben schaute – Gero blieb verschwunden.

Erschöpft ließ sich Katja schließlich in den Sessel fallen. Gewaltsam versuchte sie, ihre Gedanken zu ordnen.

Später einmal würde sie sagen, dass dies der Augenblick war, in dem sie jede Hoffnung verloren hatte und von dem an sie von einer ungewissen Angst, einer atemlosen Leere, dem Gefühl des Erstickens beherrscht wurde. Dies war der Moment, in dem sie so hilflos war wie nie zuvor in ihrem Leben.

Wo war Gero? Warum war er plötzlich verschwunden?

„Nina ist wieder da", sagte sie plötzlich leise vor sich hin. Sie wiederholte diese vier Worte noch ein paar Mal, als müsste sie sich selbst überzeugen, lauschte auf ihren Herzschlag und wartete auf das beseligende Gefühl der Erleichterung, das sich allein bei diesem Gedanken hätte einstellen müssen.

Doch nichts geschah. Die Leere blieb.

Die Hellsichtigkeit, die sich ihr schmerzhaft aufdrängte, ließ sich nicht beiseite schieben. Die Angst fraß sie auf.

Nina – wo war Nina?

In fliegender Hast wählte sie Ninas Telefonnummer, verwählte sich, brach ab und wählte erneut.

„Ja?", meldete sich eine Stimme, in der Katja kaum Gero erkannte.

„Ist Nina wieder da? Red´ schon! Was ist los?"

„Katja! Nein, Nina ist ... ach, Katja!" Geros Stimme versank in verzweifeltem Schluchzen.

Katja spürte das harte Hämmern ihres Herzens im Hals. „Ich komme!", brüllte sie ins Telefon und hörte nicht mehr, dass ein Fremder sie bat, in ihrer Wohnung zu warten. „Bleib drüben, Gero, ich komme sofort!"

Sie legte auf, riss ihren Schlüssel vom Haken und rannte los. Die Tür knallte laut hinter ihr zu. Eine besonders freundliche Nachbarin schaute ihr kopfschüttelnd nach. Es war eine von denen, die gern lauschend hinter ihren Türen standen und schon immer alles vorher wussten.

Katja raste um die Ecke, stolperte fast über den Sandkasten und kam völlig außer Atem vor dem Nachbarhaus an. Sie klingelte Sturm und rang immer noch nach Atem, als eine fremde Stimme durch die Sprechanlage rief: „Bitte warten Sie! Wir kommen sofort hinunter!"

Wer der Fremde sein mochte, darüber machte sie sich in diesem Moment keine Gedanken. Es war ihr egal. Sie wollte nur eines: Nenè sollte endlich wiederkommen!

Katja setzte sich auf ein Mäuerchen in die Sonne und versuchte krampfhaft, die Wellen der Angst zu unterdrücken. Doch es wollte ihr nicht gelingen.

„Sind Sie Katja Georgi?"

Zwei Herren standen plötzlich vor ihr. Sie trugen keine Uniform, was sie nicht unbedingt als beruhigend empfand. Sie nickte.

„Kriminalpolizei. Würden Sie uns ein paar Fragen beantworten?"

Erschrocken betrachtete Katja die Dienstausweise. So etwas sah sie zum ersten Mal in ihrem Leben. Noch immer klopfte ihr Herz heftig. Oder war es gar lauter geworden?

„Hier?", fragte sie hilflos.

„Wie bitte?"

Katja schluckte verlegen. Hinter den Gardinen im ersten Stock entdeckte sie ein paar neugierige Gesichter.

„Bitte, kommen Sie mit in meine Wohnung. Auf der Straße spricht es sich so schlecht!", erklärte sie kaum hörbar und nickte zu dem Fenster hoch.

Ohne eine Antwort abzuwarten, ging sie voraus. Unterwegs verkniff sie sich jede Frage nach Nina. Woher sie die Kraft nahm, konnte sie sich auch Jahre später nicht erklären.

Erst in ihrem Wohnzimmer sprach sie die beiden Beamten in zivil wieder an. „Wo ist Nina?"

„Verzeihen Sie, Frau Georgi, die Fragen müssen wir stellen", erklärte einer der beiden freundlich.

Katja holte wortlos frische Kaffeetassen aus dem Schrank und goss ein. Sie schob Milch und Zucker zurecht und blickte die Beamten erwartungsvoll an.

„Bitte, fangen Sie an!"

Der Ältere der beiden räusperte sich umständlich. „Mein Name ist Walter März." Er wies auf seinen Kollegen. „Und das ist mein Kollege Heinrich Pfeil. Zuerst einmal vielen Dank für den Kaffee. Er ist ausgezeichnet." März versuchte ein Lächeln, doch es misslang. „Wir haben den ganzen Tag noch nichts bekommen, da wir ununterbrochen unterwegs waren."

Katja hörte nicht zu. Angstvoll knetete sie ihre Hände. Ihre Gedanken kannten nur eine Frage. Wo war Nina?

„Haben Sie Nina gefunden?"

„Alles der Reihe nach, Frau Georgi", erwiderte Walter März ruhig. „Sie sind also mit Frau Wenzel eng befreundet?"

„Ja."

„Wie eng?"

Katja wurde abwechselnd rot und blass. Sie konnte sich kaum mehr beherrschen. Ihre Angst war einer unkontrollierbaren Wut gewichen, eine Wut, die zumindest für eine kurze Zeit ihre gequälte Seele schützte. „So eng, dass ich Ihnen sagen könnte, wann sie mit ihrem Mann ins Bett gegangen ist, wenn ich mir so etwas aufschreiben würde!", fauchte sie. „Reicht das?" Sie funkelte die beiden Kriminalbeamten wütend an.

„Aber Frau Georgi!" Zum ersten Mal ergriff Heinrich Pfeil das Wort. „Bitte, beruhigen Sie sich. Wir wollen Ihnen doch nichts Böses! Diese Fragen müssen leider sein."

Beschämt senkte sie den Blick. „Verzeihen Sie bitte meinen Ausbruch", bat sie mit hoher Stimme. „Ich habe nichts gegen Ihre Fragen. Nur, halten Sie mich bitte nicht länger hin. Das ertrage ich nicht! Ich will Ihnen ja gern helfen, aber sagen Sie mir endlich, was los ist!"

Um eine Antwort kam der Beamte herum, denn in diesem Augenblick schellte es.

„Das sind sicher zwei Kollegen", meinte Pfeil.

Katja öffnete. Es waren tatsächlich zwei weitere Kriminalbeamte. In ihrer Begleitung befand sich ein völlig verstörter, wachsbleicher Gero.

Als alle im Wohnzimmer um den Tisch herum saßen, legte Herr März eine silberne Armbanduhr vor Katja hin.

„Kennen Sie diese Uhr, Frau Georgi?"

Gero begann zu jammern.

Plötzlich hatte Katja das Gefühl, als hätte sich eine Glasglocke über sie gesenkt, die alles von ihr abhielt. Es war ihr, als betrachtete sie das Geschehen in einer anderen Welt, ein Theaterstück, das sie nicht berührte. Die Stimmen um sie herum drangen wie durch Watte zu ihr durch.

„Woher haben Sie Ninas Uhr? Wo ist Nina? So reden Sie doch endlich!" Ihre Stimme klang zerbrochen, war ein Spiegelbild ihrer Seele. Doch auch dieses Mal erhielt sie keine Antwort.

Das Telefon läutete.

Geros Mutter meldete sich am anderen Ende. Frau Wenzel schluchzte herzzerreißend und brachte immer wieder nur einen Satz heraus: „Er wird ihr doch nichts getan haben!"

„Aber Frau Wenzel! Das dürfen Sie nicht denken, viel weniger sagen! Am besten reden Sie selbst mit Ihrem Sohn!"

Katja gab rasch den Hörer weiter. Doch auch Geros jämmerliches „Aber nein, Mutter!" konnte die Frau nicht beruhigen. Da brach Gero das Gespräch einfach ab.

Noch immer stand die Frage nach Nina im Raum. Aber keiner der Beamten mochte in diesem Moment darauf eingehen, wussten sie doch nicht, wie Katja Georgi reagieren würde. Sie schien eine gute Zeugin zu sein. Man musste sie sich zu erhalten suchen. Noch war keinem der Beamten klar, wie viel Wahrheit Katja verkraften würde.

„Frau Georgi, wenn Sie uns helfen wollen, beantworten Sie bitte unsere Fragen. Ist dies die Uhr von Frau Wenzel oder nicht?", fragte Heinrich Pfeil noch einmal eindringlich.

„Sie ist es!"

„Hätten Sie vielleicht ein Bild von Ihrer Freundin, das Sie uns überlassen könnten?"

„Ja."

Katja ging mit steifen Schritten zum Schrank und nahm das Fotoalbum von ihrer Hochzeit heraus. Sie zeigte den Beamten ein Bild von ihrem Polterabend.

„Das ist zwar schon fast zwei Jahre alt, aber Nina hat sich kaum verändert." Sie warf Gero einen bösen Blick zu. „Nur dünner ist sie geworden."

Und verhärmt, und du bist schuld, dachte sie, sprach es aber nicht aus.

Gero senkte den Kopf und tat, als sähe er das Foto nicht. Er begriff, was Katja wirklich sagen wollte.

„Würden Sie uns das Negativ für kurze Zeit überlassen, Frau Georgi?" Heinrich Pfeil Stimme war sanft. Er hatte längst erkannt, dass Katja an ihrer Angst schier erstickte.

„Ich weiß leider nicht, wo es ist. Mein Mann hat die Negative selbst weggeräumt. Er hat da seine eigene Ordnung. Fotografieren ist sein Hobby, müssen Sie wissen."

Katja eilte in die Küche und nahm ein scharfes Messer aus der Schublade. Nur einen Moment zögerte sie. Bin das wirklich ich?, dachte sie. Was tue ich hier?

Sie unterdrückte einen Würgereiz und kehrte mit dem Messer ins Wohnzimmer zurück. Beinahe zaghaft hielt sie es dem Beamten entgegen.

„Nehmen Sie das Bild heraus, wenn es Ihnen etwas nutzt. Es ist ja für Nina ..."

Der Kriminalbeamte bedankte sich und löste sehr vorsichtig das Foto aus dem Album. Zurück blieb ein hässlicher leerer Fleck, der Katja schier körperlich schmerzte.

„Sie bekommen es später wieder", versprach er tröstend.

Sie hatte sich abgewandt. Es war ihr, als hätte er ein Stück von ihr selbst weggeschnitten. Nun war sie ganz sicher, niemand musste es ihr sagen: Nina war tot und kehrte nicht mehr zurück.

Tot, tot.

Reiß dich zusammen!, wies sie sich selbst zurecht, du wirst noch gebraucht! Katja setzte sich auf die Kante der Couch. Sie brauchte eine kleine Weile, um die grausame Erkenntnis zuzulassen. Noch bevor sie die Heinrich Pfeil fragen konnte, was mit Nenè geschehen war, klingelte wieder das Telefon. Diesmal war es Hilde Langner, Ninas Mutter.

„Katja, was ist los? Ist sie wieder da?", fragte sie mit Angst in der Stimme..

„Nein, Frau Langner, bis jetzt habe ich nichts von ihr gehört. Wir müssen warten!"

Nina ist tot, dachte Katja verzweifelt, aber ihre Mama darf es einfach noch nicht wissen ...

„Es ist etwas passiert, Katja, bestimmt! Eine Mutter spürt das! Hast du alles der Polizei gesagt?"

„Alles!" Katja seufzte. „Aber, bitte, regen Sie sich nicht so auf! Das würde Nina nicht wollen. Möchten Sie mit Gero sprechen?"

„Nein, bloß nicht! Das Schwein will ich nie mehr sehen! Egal, was passiert ist, der Kerl hat auf jeden Fall meine Tochter auf dem Gewissen!"

„Ich mache Ihnen einen Vorschlag, Frau Langner: Sobald ich etwas höre oder Nenè hier auftaucht, rufe ich bei Ihrer Nachbarin an. Dann haben Sie nicht dauernd die Lauferei. Ich weiß ja, dass Sie kein Telefon haben."

Hilde Langner schluchzte auf. „Das ist lieb von dir, Kind. Ich weiß gar nicht, was ich tun soll. Ich habe nur noch Angst!"

„Das verstehe ich sehr gut. Aber bitte, versuchen Sie, ruhig zu bleiben! Ich melde mich bei Ihnen, Frau Langner!"

Katja legte rasch den Hörer auf. Hilde Langner tat ihr entsetzlich leid. Sie versuchte, sich ihre Mutter in einer ähnlichen Situation vorzustellen, aber die Ereignisse dieses Tages waren zu grauenvoll und von ihrem normalen glücklichen Leben unendlich weit entfernt. Ach, wäre Mama doch hier!

„Frau Georgi!" Heinrich Pfeil stand auf. „Sie sind wirklich eine wunderbare und sehr tapfere Freundin. Deshalb bitte ich Sie auch, uns zum Präsidium zu begleiten. Wir würden gern Ihre Aussage zu Protokoll nehmen."

Mechanisch nickte Katja. „Kann ich bitte vorher meinen Mann anrufen?", fragte sie kläglich.

Auch die anderen Beamten erhoben sich, und Walter März zog den leicht widerstrebenden Gero mit hoch.

„Wir haben es sehr eilig", entschuldigte er sich. „Sie können selbstverständlich vom Präsidium aus telefonieren."

Katja zuckte mit den Schultern und sah blicklos hinter den drei Beamten her, die mit Gero die kleine Wohnung verließen.

Heinrich Pfeil blieb bei Katja zurück. Eine Zeitlang beobachtete er die junge Frau, die mit hängenden Schultern mitten im Wohnzimmer stand und wie festgewachsen schien.

„Haben Sie irgendwelche Elektrogeräte eingeschaltet?", erkundigte er sich nach einer Weile leise.

Erst glaubte er, Katja Georgi hätte ihn nicht gehört. Doch dann sah sie ihn wie erwachend an. Sie strich sich fahrig über die Stirn, als könnte sie damit das Grauen dieses Tages wegwischen.

„Nein", flüsterte sie.

Er nahm Katja bei den Schultern und zwang sie, ihn anzusehen. Seine Stimme klang so eindringlich, dass sie Katja durch sämtliche Mauern, die sie um sich errichtet hatte, erreichte. „Wirklich alles aus?"

„Ja."

„Gut." Heinrich Pfeil lächelte Katja ermutigend an. „Dann können wir ja gehen. Aber nehmen Sie sich eine Jacke mit! Heute Abend ist es bestimmt recht kühl."

Es war heller Nachmittag, und die Sonne strahlte vom Himmel. Immer noch. Der Abend schien so unendlich fern. Katja hatte nicht begriffen, was der Beamte mit seinen Worten angedeutet hatte. Ihr Denken und Fühlen schienen trotz der Sonnenwärme eingefroren.

Im Vorbeigehen nahm sie eine Jacke von der Garderobe. Heinrich Pfeil war ein sehr aufmerksamer Begleiter. Er zog den Schlüssel von der Türe ab und gab ihn Katja.

„Vergessen Sie das Abschließen nicht!"

Wortlos tat sie, was ihr gesagt wurde, und ging dann stumm hinter ihm die Treppe hinab.

Nach einigen Stufen blieb der Beamte plötzlich stehen. Als er sich umwandte, sah er geradewegs in Katjas Augen. Sein Blick war sehr ernst. Er legte eine Hand auf ihre Schulter und sprach leise und überdeutlich, aber fast ohne jede Betonung, als wollte er seinen Worten jegliche Schärfe nehmen.

„Frau Georgi, Sie müssen damit rechnen, dass Sie Ihre Freundin nie mehr wiedersehen."

Katja erstarrte für einen Augenblick. „Ja", erwiderte sie dann tonlos. Mehr nicht. Sie schrie nicht, brach nicht in Tränen aus, sie war nur – wenn das überhaupt noch möglich war – um einen Schein blasser geworden.

Nie mehr! Nie mehr!, hämmerte es in ihrem Kopf.

Es waren Worte, die sich für immer und ewig in ihren Kopf, nein, in ihre Seele brannten.

Sie sah nicht die Nachbarin vor der nächsten Tür, hörte ihre Fragen nicht. Sie spürte nicht einmal, dass Heinrich Pfeil sanft ihren Arm nahm und sie aus dem Haus führte.

Warum schreie ich nicht?, fragte sie sich. Warum scheint die Sonne noch? Müsste nicht alles untergehen, schwarz sein, in den Tränen aufgelöst, die sie selbst nicht zu weinen imstande war?

Nie mehr! Nie mehr!, hämmerte es in ihrem Kopf.

Konnte man plötzlich neben sich selbst stehen, sich selbst beobachten? Das war doch nicht sie, so etwas durfte ihr nicht passieren! Was wollten diese Leute von ihr? Nina! Wo war Nina?

Erst Geros hemmungsloses Schluchzen drang wieder in ihr Bewusstsein. Katja war auf einmal wieder sie selbst, die starke Katja, die mit dem Mutter-Theresa-Tick, die, die sich selbst vergaß, wenn sie anderen beistehen konnte. Sie ging rasch zu ihm und legte den Arm um seine Schultern.

„Mensch, Gero! Hör auf zu heulen! Es wird nichts so heiß gegessen, wie es gekocht wird. Reiß dich zusammen! Dein Sohn braucht dich!"

Sie merkten nicht, dass ein sensationshungriger Reporter sich die Gelegenheit nicht entgehen ließ und das ungleiche Paar fotografierte. Erst zu Beginn des Mordprozesses, war das Bild in der Zeitung zu sehen.

„Trost bei einer Bekannten", stand darunter. Und niemand fragte danach, was Katja Georgi dabei empfand.

Ein geschäftig wirkender Mann trat auf sie zu. Er war offenbar der Chef der hier recherchierenden Beamten, ungefähr siebenunddreißig Jahre alt, wie Katja später erfuhr.

„Frau Georgi?"

Sie nickte.

„Würden Sie wohl Frau Wenzel identifizieren?"

Katja erstarrte, fragte dann aber mit hoher Stimme: „Wie sieht sie aus?"

Sie hätte selbst nicht sagen können, was sie sich vorstellte. Es mochte ihre Krimileidenschaft sein, die sie zu dieser Frage verleitete.

Nina war tot. Vielleicht erschossen … erstochen … erdrosselt … konnte man alles abdecken … irgendwie …

Der Beamte antwortete jedoch nicht. Katja wiederholte ihre Frage. Und wieder erhielt sie keine Antwort.

Da erst schrie sie los. Zum ersten Mal an diesem entsetzlichen Tag schrie sie, schrie immer weiter, schrie nach Mike, schrie ihren Schmerz, ihre Trauer, ihre Ängste, ihre Wut und ihre Verzweiflung hinaus. Alles, was seit dem Morgen auf sie eingestürmt war, brach plötzlich aus ihr heraus. Sie konnte sich kaum mehr beruhigen.

Irgendjemand hielt sie fest und setzte ihr eine Flasche Mineralwasser an den Mund. Wenn Katja sich auch mehrmals verschluckte und husten musste, so tat ihr das kalte Wasser doch gut. Jetzt schluchzte sie nur noch leise vor sich hin.

„Mein Gott, warum sagt mir keiner was? Ich muss doch wissen, wie sie aussieht! Ich weiß doch gar nicht, ob ich es ertrage!"

Plötzlich war Heinrich Pfeil an ihrer Seite. Hilflos klammerte sie sich an ihn.

„Bitte, Frau Georgi, Sie müssen sich zusammenreißen! Denken Sie an Ihre Freundin. Tun Sie's für sie! Helfen Sie uns!"

„Ich will sie nicht sehen! Ich kann nicht! Ich will zu meinem Mann!"

Ihre Stimme überschlug sich. Katja schwankte, als wollte sie jeden Augenblick zusammenbrechen. Doch Heinrich Pfeil hielt sie fest. Leise sprach er auf sie ein.

„Sie brauchen Frau Wenzel nicht zu identifizieren. Sie waren bisher so tapfer. Helfen Sie uns weiter. – Darf ich Ihnen etwas anderes zeigen?"

Er führte die weinende Katja zu einem VW-Bus. Sämtliche Türen waren geöffnet. Ein junger Polizist trat grüßend zur Seite. Pfeil griff in den Wagen und holte eine durchsichtige Plastiktüte heraus. Er hielt sie Katja entgegen und beobachtete jede ihrer Regungen.

„Kennen Sie diese Schuhe?"

„Ja." Katja warf kaum einen Blick darauf. Dennoch hatte sie gesehen, dass es Ninas Lieblingsschuhe waren, die gelben Sandaletten mit den Plateausohlen.

„Sehen Sie genau hin, Frau Georgi! Sind das die Schuhe von Nina Wenzel?"

„Ja, ja, ja!", schrie Katja, wandte sich abrupt um und rannte die Straße entlang, als könnte sie vor sich und vor ihrem Entsetzen, vor der Gewissheit um Ninas Tod und ihrem tiefen Schmerz davonlaufen.

Schon nach wenigen Schritten hatte ein Reporter sie eingeholt und bestürmte sie nun mit Fragen.

Abwehrend hob Katja die Hände, schob ihn weg, schlug nach ihm und versuchte, seiner Aufdringlichkeit zu entkommen.

„Lassen Sie mich endlich in Ruhe!"

Und wieder war es Heinrich Pfeil, der ihr half, sie vor dem Reporter schützte und ihr die so dringend nötige Stütze gab. Er bot ihr eine Zigarette an und brachte sie in eines der Autos, in dem auch schon Gero saß.

„Jetzt fahren wir zum Präsidium", sagte der Beamte mitfühlend. „Dann ist alles schnell vorbei!"

Vorbei! Es ist längst vorbei, dachte Katja. Nervös zog sie an ihrer Zigarette. Nina war Nichtraucherin gewesen.

Gewesen …

Das Verhör

Was nun folgte, blieb in Katjas Erinnerung nur als blasser Schatten haften.

Sie wurde in ein kleines, kahles Büro gebracht, hinter dessen Tür ein paar Plastiksäcke lagen. Katja setzte sich so auf den Besucherstuhl, dass ihr Blick nach Möglichkeit nicht auf die unförmigen Dinger fiel. Sie wollte gar nicht wissen, was darin war.

Katja wollte mit Mike sprechen und dann am liebsten nur noch schlafen, bis alles vorbei, bis alles wieder normal war … Normal … was immer das bedeuten mochte … Ob ihr Leben jemals wieder normal werden konnte?

Ihr Verstand arbeitete präzise. Fast gewaltsam hatte sie sich wieder hinter jene schützende „Glaswand" verschanzt. Aber gerade dadurch schien sie besonders hellsichtig zu sein. Es war, als wollte das Unbegreifliche sie schier erdrücken.

„Ich bin Carsten Weber, Frau Georgi", stellte sich der Beamte freundlich vor. Er bot ihr ein Glas Mineralwasser an, ehe er Katjas Personalien aufnahm. Dann fragte er nach dem Mittwochabend.

„Brauche ich ein Alibi?" Sie flüsterte vor Entsetzen.

„Aber nein!" Weber lächelte sie aufmunternd an. „Das ist nur Routine!"

Sie dachte einen Augenblick lang nach. Dann begann sie, langsam und überdeutlich zu sprechen. Sie wurde immer schneller, klang wie aufgezogen.

„Mein Mann hat noch die Kinokarten. Wir waren gestern im Kino, in der Innenstadt irgendwo. ,*Das Tal der Puppen*' hieß der Film. Gesehen wurden wir von meiner Hausärztin. Und in der Imbissstube erinnert man sich bestimmt an uns. Ich habe mit dem Chef – oder was er sonst sein mag – über Fußball diskutiert."

„Ist ja schon gut", beruhigte Carsten Weber sie. „Ich sagte doch, es ist nur eine Routinefrage!"

Er bot ihr eine Zigarette an. Katja rauchte hastig und dachte in plötzlicher Einsicht: Ich muss aufhören, ich rauche zu viel.

Sie sah Herrn Weber an. „Ich möchte endlich meinen Mann anrufen!"

Beinahe hätte sie mit dem Fuß aufgestampft und kam sich schon albern vor. Aber heute war nichts wie sonst, nichts normal. Warum sollten da ihre Reaktionen normal sein?

In Großbuchstaben erschien das Wort immer wieder vor ihr: NORMAL – NORMAL – NORMAL …

Der Beamte schob ihr das Telefon hin. „Bitte schön! Wählen sie eine 10 vor!"

Katja wählte unendlich langsam, so, als müsste sie jede Ziffer aus der Tiefe ihres Gedächtnisses ausgraben, als wollte sie Zeit schinden, Sekunden, bis sie Mike die Wahrheit sagen musste.

Mikes Kollege, Hartmut Roll, meldete sich. Auch er wusste bereits, dass Nina vermisst wurde. „Ist sie wieder da?", war seine erste Frage, als Katja ihren Namen genannt hatte.

„Sie ist tot!", stieß Katja tonlos hervor.

Am anderen Ende der Leitung blieb es still. Endlich sagte Hartmut Roll leise: „Es tut mir so leid. Einen Augenblick, Frau Georgi, Ihr Mann kommt sofort!"

Es dauerte nur wenige Sekunden. Doch Katja schienen es endlose Stunden bis Mikes geflüstertes „Katja?" erklang.

Zum zweiten Mal an diesem Tag verlor sie die Beherrschung. Sie schrie.

„Mike, sie ist tot! Ermordet! Nina ist tot! Mike, bitte komm! Bitte, lass mich nicht allein!"

Carsten Weber nahm Katja den Hörer aus der Hand. Eine junge Beamtin brachte sie in ein anderes Zimmer. Man gab ihr Wasser, bot ihr Zigaretten an. Katja schluchzte haltlos vor sich hin.

Währenddessen sprach Weber mit Mike. Er bat ihn, Katja gegen siebzehn Uhr abzuholen. Bis dahin sollte das Verhör abgeschlossen sein.

„Wissen Sie schon, wer es war, und wo und wie es passiert ist?", erkundigte sich Mike leise.

„Wir können noch gar nichts sagen. Vielleicht wissen wir am späten Nachmittag mehr. Es tut mir sehr leid, Herr Georgi!"

Mike starrte erschüttert auf das Telefon. Wer tat so etwas? Was war das für ein Mensch, der einfach ein Leben auslöschte?

Er hätte die widerstreitenden Gefühle nicht beschreiben können, die sich in ihm breit machten. Trauer, Wut und Hilflosigkeit überrollten ihn mit einer Macht, die er nie für möglich gehalten hätte. Zum ersten Mal seit vielen Jahren kämpfte er mit den Tränen.

Nina war doch noch so jung! Gewesen ...

Gewesen ...

Hartmut Roll hielt ihm einen Becher Kaffee hin. „Komm, Junge, trink!"

„Scheiße!" Mike schüttete den heißen Kaffee in sich hinein, verbrannte sich, verschluckte sich, hustete, fluchte.

Roll stand stumm daneben. Er wusste, dass Mike jetzt und hier toben, schreien, rebellieren musste. Später brauchte Katja ihren Mann als Halt.

„Wann kannst du deine Frau abholen?", fragte er leise, als Mikes Flüche schwächer wurden.

„Um fünf!"

„Am besten gehst du schon früher hin", riet ihm der Kollege. „Die wollen dich bestimmt auch noch verhören."

„Meinst du?" Mike war unsicher. Sein Blick ging ins Leere.

„Sicher. Du kanntest die Familie doch auch gut."

Mike zündete sich eine neue Zigarette an. Die wievielte war das nun seit Katjas Anruf? Nachdenklich betrachtete er seinen Kollegen. „Zu gut. Vor allem Gero. Deshalb ... Hartmut, ich habe ein entsetzliches Gefühl bei der Sache!"

Roll griff nach Mikes Jacke und warf sie dem Kollegen zu. „Gerade deshalb haust du jetzt ab! Mensch, Junge, vielleicht kannst du helfen, dass der Kerl geschnappt wird, der das gemacht hat!"

„Und wenn es Gero war?"

„Du kannst den Kopf nicht in den Sand stecken. Was immer du denkst oder weißt, die Kripo muss es erfahren. Und wenn er es war, gehört er in den Knast, und zwar für immer und ewig."

Mike nickte bedächtig. „Du hast Recht. Ich tue es für Nina!"

Katja hatte sich inzwischen so weit beruhigt, dass das Verhör fortgesetzt werden konnte. Sie konzentrierte sich auf die

Fragen, antwortete ruhig und bestimmt und schaffte es, alle anderen Gedanken auszuschalten. Fast acht Stunden wurde sie befragt, auf Kleinigkeiten hingewiesen und immer wieder auf die Probe gestellt, ob ihr Gedächtnis auch wirklich funktionierte. Es waren acht Stunden, die ihr Leben völlig umkrempelten.

„Wann und wo haben Sie sich kennen gelernt?"

„Woher wussten Sie von den Streitigkeiten des Paares?"

„Waren Sie einmal oder sogar öfter dabei, wenn Herr Wenzel seine Frau geschlagen oder beschimpft hat?"

„Wie oft?"

„Wann geschah es das letzte Mal?"

„Wie standen die Eltern von Frau Wenzel Ihrer Ansicht nach zu dieser Ehe und zu ihrem Schwiegersohn?"

„Wie stand Frau Wenzel zu Eltern und Schwiegereltern?"

„Beschreiben Sie den Haushalt von Frau Wenzel!"

Und immer wieder hieß es: „Erzählen Sie …"

Katja wusste gar nicht, wie viele kleine, an sich unbedeutende Dinge sich in ihrem Kopf gesammelt hatten. Es war erstaunlich, was man alles von seinen Mitmenschen wusste, wenn man nur richtig danach gefragt wurde.

Auch Gero wurde verhört. Allerdings verfuhr man mit ihm bedeutend gröber. Zuerst musste er Nina identifizieren. Katja sah ihn, als er zurückgebracht wurde. Seine Miene war unbewegt. Er machte einen desinteressierten Eindruck und glich kein bisschen einem gebrochenen Ehemann. Sein unberührt wirkendes Gesicht war nur etwas grünlicher geworden.

Das war das letzte Mal, dass Katja ihn sah.

Gero gab sich große Mühe, sich während des Verhörs als tief trauernder Gatte darzustellen. Doch die Geschichte vom großen Unbekannten zog nicht, da er sich immer mehr verhaspelte und in Widersprüche verwickelte.

Katja wunderte sich nach zwei Stunden nicht mehr, wenn plötzlich mehrere Beamte hereinstürzten, ihr Fragen stellten wie im Kreuzverhör und, nachdem sie – oft verwirrt – geantwortet hatte, genauso plötzlich wieder hinauseilten.

„Befand sich im Wagen von Gero Wenzel eine alte Decke?"

„Hatte er Werkzeug im Auto? Besaß er einen Wagenheber?"

Katja begriff die Zusammenhänge nicht mehr. Sie war völlig durcheinander. „Stellen Sie diese Fragen bitte meinem Mann. Er hat ab und zu mit Gero am Auto herumgebastelt und kennt sich da besser aus."

Während dieser endlos langen Stunden bot man Katja immer wieder etwas zu Essen an. Doch jedes Mal rebellierte ihr Magen. Sie hätte keinen Bissen heruntergebommen. Allein der Gedanke an etwas Essbares löste bei ihr einen Würgereiz nach dem anderen aus.

Mineralwasser, Kaffee und Zigaretten waren auch hier die Medizin, die die strapazierten Nerven überleben ließ.

Irgendwann spürte sie ihr schlechtes Gewissen nicht mehr. Jeder Gedanke an ihre frische Schwangerschaft war in diesem Grauen verschwunden, nein, jeder Gedanke an ihr eigenes, einst so glückliches Leben war wie ausgelöscht. Und immer weiter prasselten Fragen wie Hammerschläge auf sie nieder, Fragen, Fragen, Fragen …

„Wie benahmen sich Gero und Nina Wenzel ihrem Sohn gegenüber?"

„Hat Frau Wenzel ihren Sohn vernachlässigt?"

„Wurde das Kind misshandelt?"

Katja wollte empört auffahren, aber Herr Weber winkte beruhigend ab und stellte die nächste Frage.

„Warum hat Frau Wenzel gearbeitet? Hatte man Geldsorgen?"

Katja wusste irgendwann nicht mehr, wie oft sie die eine oder andere Frage schon einmal beantwortet hatte. Inzwischen war ihr auch das gleichgültig geworden. Sie war einfach nur leer und weh.

Noch einmal stürmten zwei der Beamten, die Gero verhörten, in das kleine Zimmer.

„Frau Georgi, wann haben Sie Frau Wenzel zum letzten Mal gesehen?"

Katja überlegte nicht eine Sekunde. „Gestern Abend gegen halb acht. Ich habe mich vor der Haustür von ihr verabschiedet!"

„Sind Sie ganz sicher? Sie war später nicht mehr bei Ihnen?", hakte der eine der beiden Beamten nach.

„Nein."

„Und wenn Sie länger darüber nachdenken? Bleiben Sie dabei, dass Sie Frau Nina Wenzel an diesem Abend nicht mehr gesehen haben?"

Verwirrt blickte Katja auf. „Ja. Aber was soll diese Fragerei?"

Ehe sie auch nur den Hauch einer Chance hatte zu begreifen, waren die beiden Beamten schon wieder auf dem Weg zu Gero.

Im nächsten Augenblick fragte Carsten Weber weiter. Oder wiederholte er nur seine Fragen?

„Wann hat Herr Wenzel seine Frau geschlagen? Wie oft kam das vor? Warum erinnern Sie sich gerade an diese Daten?"

Katja, die noch nie ein Gespür für Zahlen hatte, wunderte sich über sich selbst. Doch so oft sie auch nachrechnete, die Daten stimmten. Sie antwortete unmissverständlich und direkt. Sie nahm nichts zurück, bot dem Beamten an, ihren Taschenkalender der Kripo zu überlassen. Sie kam kaum noch zum Atemholen.

Plötzlich öffnete sich die Tür, und Mike kam herein. Es war, als ob sein Anblick Katja aus ihrer Erstarrung erwachen ließ.

„Mike!" Sie warf sich aufschluchzend in seine Arme.

Mike streichelte sie sanft. Nichts hätte seine Hilflosigkeit besser ausdrücken können, als diese unbeholfene Geste. Verzweifelt sah er zu dem Beamten hinüber.

Carsten Weber räusperte sich laut und stand geräuschvoll auf. „Frau Georgi, ich bitte Sie", redete er auf die weinende Katja ein. „Sie waren bisher eine erstklassige Zeugin. Ich habe nur noch wenige Fragen an Sie. Wollen Sie uns nicht doch noch ein bisschen weiterhelfen?"

Katja nickte heftig und ließ sich von Mike zu ihrem Stuhl geleiten. „Es ist schon gut." Es klang, als müsste sie sich selbst Mut zureden. „Wir können weitermachen." Sie putzte sich die Nase und setzte sich gerade hin. Fast bewusst nahm sie Haltung an.

Es klopfte. Ein anderer Beamter trat ein und bat Mike in einen Nebenraum.

„Sie verstehen sicher, dass wir uns auch mit Ihnen unterhalten müssen, Herr Georgi!"

Bedrückt folgte Mike ihm. Er wagte nicht, sich noch einmal nach Katja umzusehen aus Angst, sie könnte wieder weinen.

Katja starrte den flirrenden Sonnenstrahl an, der auch ihre Füße streifte, sie aber nicht wärmte.

„Frau Georgi, was ist in den letzten drei Jahren geschehen?", setzte Carsten Weber erneut an. „Bitte, erzählen Sie der Reihe nach!"

Katja begann wieder von vorn. Schon bald hatte sie nicht nur die Zeit sondern auch den Ort vergessen, an dem sie sich befand. Sie grub aus ihrem Gedächtnis längst vergessene Erinnerungen, schilderte Situationen und Begebenheiten.

„War Gero Wenzel kriminell? Bitte äußern Sie auch Ihre Vermutungen!"

„Wollte Frau Wenzel sich scheiden lassen? Wegen der Schulden? Oder hatte er andere Frauen?"

„Sie sagen, Gero Wenzel hat Frau und Kind beschimpft und mehr als einmal seine Frau verprügelt. Hat er auch seinen Sohn tätlich angegriffen?"

Katja wusste nicht mehr, was sie schon alles ausgesagt hatte, als Herr Weber ihr nach endlos langer Zeit das Protokoll herüberreichte.

„Sie müssen alles gründlich durchlesen, ehe Sie unterschreiben, Frau Georgi", erklärte er. „Wenn etwas nicht stimmt, ändern wir das sofort ab. Lassen Sie sich ruhig Zeit!"

Katja nickte. Sie las langsam und bedächtig, als könnte sie die Ereignisse dadurch aufhalten, sie ungeschehen machen.

Noch einmal zog Ninas Leidensgeschichte an ihr vorbei. Die Tragödie, die sie in den letzten Jahren miterlebt hatte bis zum bitteren Ende, war nun in Worte gefasst, aber deshalb weder leichter zu verstehen noch zu ertragen.

Als sie unterschreiben wollte, erscholl auf dem Flur ein gellender Schrei. Es war wie ein neuer Schock. Katja warf das Protokoll auf den Schreibtisch und sprang auf. Carsten Weber griff nach ihrem Arm.

„Sie müssen unterschreiben! Sie dürfen nicht hinaus!"

Katja riss sich los und funkelte den Beamten wütend an. „Sie können mich nicht festhalten! Ich muss zu Ninas Mutter!"

Ehe Weber etwas erwidern konnte, fiel die Tür hinter Katja ins Schloss.

Auf dem kahlen Flur geriet sie in eine erschütternde Szene. Wie ein unwirklicher Film Marke Hollywood rollte sie vor Katja ab.

Man hatte Geros Vater und Ninas Eltern geholt. Hilflos sahen die beiden Väter zu, wie Hilde Langner auf den wartenden Mike zustürzte, ihn an den Jackenaufschlägen packte, ihn heftig schüttelte und dann auf seiner Brust trommelte, um sich schließlich wieder an ihm festzukrallen.

„Mike, sag, dass es nicht wahr ist! Du bist doch ihr Freund! Sag, dass es nicht wahr ist!"

Eine junge Beamtin griff gleichzeitig mit Katja nach Frau Langner. Langsam löste Mike die Hände der verzweifelten Frau von seiner Jacke und wandte sich ab. Diesem Ansturm tiefster Verzweiflung war er nicht gewachsen.

„Geben Sie ihr bitte etwas Wasser", bat Katja leise. „Ich glaube, sie ist gar nicht ganz bei sich!"

Sie brachten Hilde Langner in ein kleines Zimmer und schoben ihr einen Sessel zurecht. Die Beamtin reichte ihr ein Glas Wasser. Katja hielt ihre Hand. Willenlos ließ sie alles mit sich geschehen.

„Sie müssen sich beruhigen, Frau Langner", flüsterte Katja eindringlich. „Sie dürfen sich nicht so aufregen. Sie werden gebraucht!" Ihre Worte klangen fad und leer.

„Katja, ach, Katja", schluchzte Hilde Langner. Sie konnte, nein, wollte nicht begreifen, dass sich ihre Welt mit einem Schlag verdunkelt hatte.

Katja sprach weiter auf sie ein, jedes Wort, jede Silbe betonend. „Glauben Sie mir, Frau Langner, Nenè will das nicht. Nenè weiß, dass Sie für Patrick da sind. Nur das zählt jetzt!"

Sie schaffte es tatsächlich, dass Hilde Langner ein wenig ansprechbarer wurde. Noch steif, erhob sie sich und ging aus dem Zimmer.

„Mike, bitte, bleib bei ihr, lass sie nicht allein! Ich muss noch unterschreiben!" Katja eilte in das andere Büro zurück.

Man ließ Mike nicht in das Verhörzimmer. Auch Katja durfte nicht mehr hinein. Sie sollten das erste Verhör, das besonders wichtig war, nicht stören.

Hilde Langner ließ jedoch nicht mit sich reden. Sie schrie nach Katja, wehrte sich gegen die Beamtin, die sie hielt, und schluchzte herzzerreißend. Immer wieder erscholl ihr schrilles „Nein!"

Erst in Katjas Gegenwart fühlte sie sich fähig, von Nina zu erzählen. Behutsam stellte die Vernehmungsbeamtin ihre Fragen. Die gequälte Frau antwortete mit leerer Stimme und holte sich immer wieder bei Katja die Bestätigung: „So war es doch, Katja?"

Sie klammerte sich an die Freundin ihrer Tochter und weinte verzweifelt an deren Schulter.

Katja glaubte, kaum mehr Kraft zu haben, zusammenbrechen zu müssen. Doch sie hielt stand. Es war eher Hilflosigkeit als Tapferkeit, als sie die verzweifelte Mutter zu beruhigen suchte. Sie tröstete mit sanfter Stimme, versprach Hilde Langner alles, was sie wollte, und hoffte nur, dass dieses grausame Verhör bald vorbei war.

Plötzlich richtete sich Frau Langner kerzengerade auf. Ihre Stimme, zuvor tränenerstickt, klang metallisch klar.

„Das war er! Der Verbrecher! Das kann nur er gewesen sein!"

„Wen meinen Sie damit, Frau Langner?", fragte die Beamtin scheinbar nur mäßig interessiert, während ihr Blick in dem blassen Gesicht der Frau vor ihr zu lesen suchte.

„Das hat Gero getan! Gero Wenzel, ihr Mann! Er hat mir mein Kind genommen!", schrie die gepeinigte Frau mit überkippender Stimme. Dann verlor Hilde Langner das Bewusstsein.

Der Zusammenbruch

Während Frau Langner verhört wurde, fuhr Mike nach Hause. Cynthia Vermeer saß, wie er annehmen musste, mit ihrem Sohn allein in Nenès Wohnung.

Niemand hatte Mike gesagt, dass Geros Bruder Fred es übernommen hatte, Cynthia und Steffen abzuholen und heimzubringen. Er hatte ihr sogar beim Packen geholfen, so dass sie noch an diesem Abend alles, was ihrem Sohn gehörte, mitnehmen konnte.

Steffens Großmutter würde nun erst einmal für das Kind sorgen müssen, bis Cynthia eine neue Pflegestelle gefunden hatte. Auch für den Kleinen war der Verlust schrecklich, hatte er sich doch so wunderbar in die Familie Wenzel integriert. Er hatte sein Herzchen sehr schnell Nenè geschenkt und war für Patrick ein Spielkamerad geworden. Nun musste sich der kleine Kerl schon wieder an neue Gesichter gewöhnen. Seine Großmutter war ihm fremd. Steffen hatte wirklich kein fröhliches und ein nur mäßig behütetes Kinderleben.

Das alles ging Mike durch den Kopf, während er sich beeilte, zum Polizeipräsidium zurückzukehren. Dazu kam die Angst um Katja, deren Verhalten ihm schrecklich unnatürlich vorkam, und um das Baby, an das sie in ihrem Leid nicht dachte.

Katja versuchte krampfhaft, all ihre Empfindungen zurückzudrängen. Sie hatte eine Aufgabe gefunden: Sie stand Hilde Langner bei.

Als endlich alles vorbei war, begleitete Katja die Eltern Ninas und Geros Vater zu dem Streifenwagen, der die unglücklichen Menschen nach Hause brachte.

Sie umarmte Hilde Langner noch einmal, schob sie in das Auto und sah zu, wie es langsam, leise, ohne Blaulicht davonfuhr.

Jetzt erst spürte Katja, wie allein sie war. Mit dem sich entfernenden Polizeiwagen wurde es dunkel um sie, verlöschten doch auch gleichzeitig die Lichter im Haus.

Die gläsernen Mauern, die Katjas Seele den ganzen Tag über geschützt hatten, zerbarsten in tausend Splitter. All das Leid, das bisher scheinbar an ihr abgeglitten war, sie nicht berührt hatte, stürzte nun mit aller Macht auf sie ein, erdrückte sie, nahm ihr die Luft zum Atmen. Es war, als begriffe jede Faser ihres Seins erst jetzt, was geschehen war, als könnte ihr Verstand den Schmerz nicht mehr von ihrer Seele nehmen.

„Nein!"

Katja warf sich herum und rannte, wie von Furien gehetzt, in das dunkle Haus zurück. Sie sah niemanden, fand keine Menschenseele. Es schien, als wäre das Präsidium völlig ausgestorben. Sie war allein. Sie kam nicht einmal auf die Idee, nach einem Lichtschalter zu suchen. Die Dunkelheit verstärkte das Entsetzen, das sie erfasst hatte. Panik stieg in ihr auf.

Katja hatte Angst, grauenhafte, unbeschreibliche, unbegreifbare Angst.

„Nein! Nein!", schrie sie und immer wieder: „Warum?"

Sie merkte nicht, dass von der Hauptwache zwei Polizisten kamen, sie spürte nicht, dass man sie zur Wache führte und ihr ein Glas Wasser gab. Sie hörte auch nicht, dass einer der Wachhabenden überall im Haus und endlich auch bei der Mordkommission anrief, um nachzufragen, ob man jemanden vermisse.

Katja schlug die Hände vors Gesicht und weinte. „Wie kann ein Mensch so etwas tun? Wie kann einer nur so grausam sein?", stammelte sie. „Nina, Nina, wer hat dir das angetan?"

Sie war kaum zu beruhigen, bot ein erschütterndes Bild und ließ niemanden an sich heran. Weder Heinrich Pfeil noch Carsten Weber, die nach dem Anruf sofort herbeigeeilt waren, erkannten ihre Zeugin wieder.

„Frau Georgi!"

Wie von fern drang Webers Stimme durch sämtliche Schutzmauern Katjas. Doch sie reagierte nicht. Sanft griff der Beamte nach ihrem Arm. „Kommen Sie, Frau Georgi! Ihr Mann wartet schon auf Sie. Wir bringen Sie zu ihm. Hatten Sie sich verlaufen?"

Die beiden Beamten nahmen Katja in die Mitte. Sie mussten sie festhalten; denn immer wieder versagten ihre Beine den Dienst. Sie nahm nicht einmal wahr, dass sie das Haus verließen.

Auf dem Parkplatz stand Mike neben seinem Auto. Katja warf sich in seine Arme und schluchzte so heftig, dass Mike sie entsetzt von sich abhielt und nicht wusste, wie er sie beruhigen konnte, war er doch selbst so entsetzlich aufgewühlt.

„Bitte, Liebes, bitte nicht!", raunte er gleichermaßen schockiert wie verzweifelt.

Nachdenklich betrachtete Carsten Weber seine bisher so tapfere Zeugin. „Das ist etwas, was wir nicht verstehen, Herr Georgi. Ihre Frau wirkte doch so gefasst. Jetzt ist sie völlig zusammengebrochen. Das haben wir wirklich nicht erwartet."

Mike drückte seine Frau an sich. „Hat sie Ihnen denn nichts gesagt? Meine Frau ist schwanger!", erklärte er tonlos.

„Um Gottes willen!" Heinrich Pfeil war entsetzt. „Warum haben Sie uns nicht früher informiert? Wir hätten Ihre Frau niemals so lange verhört!"

„Fahren Sie rasch mit ihr nach Hause, Herr Georgi, und stecken Sie Ihre Frau ins Bett!", beschwor Weber den jungen Mann. „Haben Sie für den Notfall einen Arzt in der Nähe? Oder möchten Sie, dass wir jemanden benachrichtigen, der Ihnen beisteht?"

Mike winkte ab und half Katja in den Wagen. „Danke, meine Herren, wir kommen zurecht." Er hatte nur noch den einen Wunsch, hier wegzukommen und nichts mehr von der „Sache" zu hören. Schlafen wollte er, schlafen ...

Als er sich hinters Steuer setzte, schluchzte Katja auf und krallte sich an Mikes Arm fest.

„Mike, lass uns beten, lass uns für Patrick beten, dass er es nicht war! Mike, Gero darf es einfach nicht gewesen sein!"

Er nahm sie fest in den Arm und küsste sie zart. „Nach allem, was wir von ihm wissen, können wir nur noch hoffen."

„Meinst du, er hat es wirklich getan?" Katjas Stimme überschlug sich. Sie begann wieder zu zittern.

„Leider sieht es wohl so aus!" Mike zündete zwei Zigaretten an und gab Katja eine. „Das ist aber die letzte, klar? Du hast heute viel zu viel geraucht!" Er seufzte, ehe er langsam weitersprach. „Weißt du, beim Verhör sind die nicht gerade sanft mit ihm umgegangen. Ich saß im Zimmer nebenan und habe einiges gehört. Zeitweise wurde es ziemlich laut bei ihm. Er wird auf jeden Fall verdächtigt. Und du darfst nicht vergessen: Wir kennen ihn viel besser als die Polizei. Sei ehrlich, Katja, er könnte der Täter sein."

„Aber warum, Mike, warum?" Von neuem flossen ihre Tränen.

„Ich weiß es nicht, Liebes." Mike hätte am liebsten mitgeheult. „Ich bin genauso hilflos wie du. Wir müssen abwarten. Wir wissen nicht, ob er es war und warum es geschehen ist. Wir müssen uns zuerst einmal beruhigen, so gut es geht, vor allem du. Denk mal an unser Baby!"

„Beruhigen! Immer heißt es, sich nicht aufregen und ruhig, ruhig, ruhig!", wehrte Katja heftig ab. „Ich kann es nicht mehr hören! Als ob ich das jetzt könnte! Mir geht so vieles durch den Kopf. Mike, wir können uns doch nicht so sehr in Gero getäuscht haben!"

„Mach die Augen auf, Liebling! Haben wir uns denn je in ihm getäuscht?"

Katja versank ins Grübeln. Ihre Tränen versiegten. Sie fühlte sich leer und ausgebrannt. So sehr sie sich auch bemühte, ihre Überlegungen endeten alle in einem einzigen Gedanken.

„Nein!"

Die Nacht

Als sie aus dem Auto ausstiegen, fuhr gerade Eliane Rath auf den Parkplatz.

„Ich muss mit ihr reden", sagte Katja hastig. „Sie soll es von mir erfahren. Vielleicht kommt die Polizei auch zu ihr!" Sie rannte wie gehetzt über den Platz.

„Bleib im Auto sitzen, Eliane", rief sie schon von weitem.

„Was ist denn mit dir los?", war die Antwort.

„Weißt du noch nichts?"

Eliane wurde blass. Katjas Stimme signalisierte Entsetzliches.

„Ich war den ganzen Tag bei meinen Eltern. Ist etwas passiert?", fragte sie ängstlich.

Katja schluchzte wieder. „Nenè ist tot! Ermordet!"

Eliane schien einen Moment wie erstarrt. „Nein!", stieß sie hervor. „O Gott, das kann doch gar nicht sein!"

Mike kam herüber. Als er sah, dass auch Eliane in Tränen ausbrach, meinte er: „Am besten gehen wir in deine Wohnung, Eliane. Wir kommen gerade von der Polizei. Vielleicht beruhigt ihr beiden euch gemeinsam besser!"

Dass er selbst Trost und Zuspruch brauchte, mochte er nicht sagen. Er hakte die beiden jungen Frauen unter und ging mit ihnen auf das Haus zu.

Auf der Terrasse ganz unten standen Nachbarn. „Ist es wirklich wahr?", fragten sie ebenso mitfühlend wie neugierig.

Mike nickte wortlos. Er hätte Katja so gern diese Begegnung erspart. Aber es war schier unmöglich, dem Redefluss der an sich so freundlichen und sicher auch wohlmeinenden Nachbarn zu entkommen.

„Es tut uns ja so leid. Vor allem auch für Ihre Frau, Herr Georgi. Wissen Sie schon, wer das getan hat?"

„Nein. Wir haben auch keine Vermutung. Aber die Polizei wird es sicher bald wissen. Wir haben volles Vertrauen zu den Beamten."

„Die waren heute Abend noch einmal hier", berichtete der Nachbar und zeigte auf ein parkendes Auto. „Ist das nicht der Wagen von Herrn Wenzel?"

Mike nickte wieder.

„Die haben das Auto ganz genau untersucht und alles Mögliche mitgenommen. Hat der Wenzel etwas damit zu tun? Der schien uns immer schon komisch!"

Mike schob Katja und Eliane rasch weiter. „Tut mir leid, wir wissen nichts. Gute Nacht!"

Als sie endlich in Elianes Wohnzimmer saßen, ließ auch Mike seinen Tränen freien Lauf. Erst nach einer Weile konnten Katja und er berichten, was sie im Präsidium erlebt und erfahren hatten – der Krimi ihres Lebens, das Grauen schlechthin, das ihr Leben aus der Bahn geworfen hatte.

„Ich habe Angst, dass Gero es getan hat", gestand Katja aufgewühlt.

„Wir müssen damit rechnen, dass er es war", fügte Mike hinzu.

Eliane schluchzte auf. „Das wäre ja ganz entsetzlich! Das darf einfach nicht wahr sein! Das arme Kind! Die Mutter tot und der Vater ein Mörder!"

Mike stand auf. „Wir müssen alle endlich ins Bett. Hoffentlich kannst du schlafen, Eliane. Wenn etwas ist, rufst du uns an, ja? Auch wenn dein Mann nicht da ist, brauchst du keine Angst zu haben. Du kannst gern bei uns übernachten!"

Sie verabschiedeten sich von Eliane und waren froh, dass sie auf dem Weg zu ihrer Wohnung niemandem mehr begegneten. Die Zeitungen hatten schon genug zu berichten. Da konnte sich die Nachbarschaft informieren. Gerede würde es noch reichlich geben, und daran wollten sich die Georgis nicht beteiligen.

Katja legte sich sofort aufs Sofa. Sie rollte sich zusammen wie ein kleines Kind, um sich jedoch sofort wieder aufzurichten. Aus weit aufgerissenen Augen sah sie ihren Mann an. „Mike, ich muss Mutti anrufen!"

Mike stimmte ihr erleichtert zu und brachte ihr das Telefon. Er wählte die Nummer seiner Schwiegereltern und gab ihr den Hörer.

„Preuß", hörte Katja die feste Stimme ihrer Mutter.

„Mami!" Mehr brachte Katja nicht heraus.

„Katja, um Gottes willen, ist etwas passiert?"

„Ja!" Katja hatte Mühe zu antworten.

„Mit Mike?"

„Nein, nein, wir sind beide in Ordnung. Aber Nina, Mami, Nina ist tot!"

„Aber Katja!" Helga Preuß schwankte zwischen Ungläubigkeit und Entsetzen.

„Doch, Mami, Nenè ist tot, ermordet, umgebracht!"

„Katja, ich möchte sofort mit Mike reden", verlangte ihre Mutter.

Katja gab ihm den Hörer. Er bestätigte seiner Schwiegermutter alles und sagte ihr auch, dass Katja einen schweren Schock hatte.

„Ich komme sofort, Mike", versprach Frau Preuß. „In einer halben Stunde bin ich bei euch."

Frau Preuß war pünktlich. Sie brachte Marion mit, Katjas Cousine, die auch sehr blass war.

„Mensch, Katja", stieß das Mädchen hervor. „Das gibt's doch nicht!"

Helga Preuß drückte Marion resolut in den nächsten Sessel und wandte sich an ihren Schwiegersohn. „Was ist den nun wirklich passiert?" Sie setzte sich zu ihrer Tochter aufs Sofa und nahm sie in den Arm..

Katja starrte blicklos vor sich hin, während Mike erzählte. Mit dürren Worten umriss er die Ereignisse dieses Tages. Das Wenige, was er wusste, wirkte um so erschütternder. Als er schwieg richtete sich Katja auf.

„Er war es, Mami, bestimmt, er hat es getan", sagte sie dumpf.

Helga Preuß wollte davon nichts wissen. Der Gedanke allein erschien ihr zu ungeheuerlich. „Das darfst du um Patricks willen nicht sagen!"

Katja erhielt jedoch Unterstützung von ihrer Cousine. „Das glaube ich aber auch. Ist doch eindeutig! Wer soll es denn sonst gewesen sein? Ich kann mir nicht vorstellen, dass jemand was gegen Nina hatte."

„Wir müssen abwarten", warf Mike ein. „Die Polizei wird es schon herausfinden. Sie haben Gero festgehalten. Wenn er es war, muss er ja ein Geständnis ablegen."

„Jetzt wollen wir aber mal an euch denken", beendete Helga Preuß resolut die Diskussion. „Möchtet ihr mitfahren? Ihr könnt gern bei uns bleiben?"

Katja und Mike schüttelten stumm die Köpfe.

„Das habe ich mir schon gedacht. Ich habe euch deshalb Schlaftabletten und ein Beruhigungsmittel mitgebracht."

Katja errötete. „Meine Ärztin hat gesagt, ich darf jetzt keine Medikamente nehmen." Sie sah hilfesuchend zu Mike, der angespannt die Zimmerdecke anstarrte.

„Die muss doch einen Grund haben für diese Anweisung?" Frau Preuß betrachtete ihre Tochter misstrauisch.

Katja knetete ihre Hände. Einen Augenblick lang vergaß sie das Grauen dieses Tages. „Mami, ich glaube, ich – ich kriege ein Baby!"

Endlich war es heraus. Marion sprang auf. „Ist ja toll! Wann denn? Dauert es noch lange?"

„Neun Monate", erwiderte Mike trocken.

Helga Preuß saß ganz still. Es war kein schöner Moment, eine so freudige Nachricht zu erfahren! Sie holte tief Luft. „Dann brauchst du deinen Schlaf erst recht. Dieses Beruhigungsmittel kannst du unbesorgt nehmen. Das verschreiben Ärzte auch Schwangeren." Sie wandte sich an ihren Schwiegersohn. „Sei so lieb und hole deiner Frau bitte ein Glas Wasser."

Über Katjas Gesicht liefen wieder Tränen. „Nenè hatte sich so gefreut! Und jetzt – jetzt ist alles vorbei!"

„Ja, Kind, Nina würde aber nicht wollen, dass du dein Baby gefährdest! Du musst jetzt einfach ruhiger werden, für dich, für das Baby und auch für Nina!"

Katja klammerte sich an ihre Mutter. „Sie wollte es mir nicht glauben, Mami!"

„Also hast du es ihr erzählt? Nun, dann weiß sie es ja. Nina freut sich bestimmt mit dir!"

Helga gab ihrer Tochter eine Tablette und brachte sie ins Bett. Katja kroch unter Mikes Decke. Erst lange nachdem ihre Mutter und ihre Cousine nach Hause gefahren waren, schlief sie erschöpft ein.

Durch ihre Träume geisterten unzählige Babys und Nina, die lachend mit ihr um das süßeste Kind stritt ...

Das Geständnis

Den nächsten Tag, den zweiten ohne Nina, erlebte Katja wie in Trance. Am Morgen brachte Mike sie zu ihren Eltern. Dort saß sie stumpfsinnig vor sich hin starrend in der Ecke. Sie wollte nicht essen, nein, sie konnte es nicht. Sie bekam nichts hinunter.

Katja wartete. Sie wusste nicht worauf. Warum ging die Türe nicht auf? Warum kam Nenè nicht herein? Warum gab es keine Nenè mehr?

Am Abend kam Mike. Sie fuhren in ihre Wohnung. War sie leerer als früher? Katja wollte schlafen, vergessen, nie mehr aufwachen, schlafen, aufwachen, wenn alles vorbei war ...

Vorbei ...

„Ruhig, Katja, ruhig!"

„Warum Mike?" Katja weinte ohne Tränen.

„Ich weiß es nicht." Mike unterdrückte einen Seufzer. „Wir müssen schlafen. Versuch es bitte."

Sie lagen noch lange wach, Hand in Hand, hatten beide Angst – Angst als Schutz vor dem, was sie längst wussten, aber nicht wahrhaben wollten?

Die Polizei hatte Gero nicht mehr laufen lassen. Niemand musste ihnen sagen, was das bedeutete.

Am Samstagmorgen saßen sie gerade beim Frühstück, als das Telefon klingelte. Es war Ninas Schwager Kurt, der mit Katja sprechen wollte.

„Katja, regen Sie sich bitte nicht auf", waren seine ersten Worte, als er ihre aufgeregte Stimme hörte.

„Wissen Sie wer's war?"

„Ja, aber das wussten wir alle doch schon vorher!"

„Gero?" Katja flüsterte nur noch.

„Ja, Katja. Er hat heute Nacht gestanden. Die haben ihn ununterbrochen verhört. Gegen Morgen wollte er seinen Bruder sprechen. Ihm hat er es dann gesagt."

Katja weinte. „Armer, armer Patrick!"

„Geben Sie mir bitte Mike noch einmal an den Apparat", bat er.

Katja reichte den Hörer weiter. „Er hat es getan", stammelte sie immer wieder. „Er hat es getan!"

Über den Hergang der Tat konnte Kurt noch nichts sagen. Er versprach, sofort anzurufen, wenn er etwas Neues erfuhr.

Doch was hätte es Neues geben können? Nina war tot, Gero war der Mörder.

Mike informierte seine Schwiegermutter und Eliane Rath. Er kaufte Zeitungen, kochte Kaffee und sprach stundenlang mit Katja. Sie mussten sich an den Gedanken gewöhnen, dass ihr Freund der Mörder von Nina war. Sie mussten begreifen, dass nichts davon zurückgenommen werden konnte.

Nina war tot. Und Gero war der Mörder.

Wie kam es, dass er sein hartnäckiges Leugnen aufgegeben hatte?

Seit er gemeinsam mit Katja zum Polizeipräsidium gefahren war, hatte man ihn nicht mehr ausgelassen. Ununterbrochen war er hart verhört worden. Immer mehr verstrickte er sich in Ungereimtheiten.

Während seiner Befragung hatte Mike mitbekommen, wie sehr sich Gero im Nachbarzimmer gegen die Anschuldigungen wehrte. Im Laufe des nächsten Tages verdichteten sich die Verdachtsmomente gegen ihn. Doch noch immer stritt er die Tat ab. Keinen der Beweise, die man ihm vorlegte, wollte er akzeptieren. Endlich aber zeigten die Kriminalbeamten ihm den blutverschmierten Ziegelstein, den sie neben Nina Wenzels Leiche gefunden hatten.

Welches Entsetzen mochte den Mörder gepackt haben, als er sein Mordwerkzeug vor sich sah?

Gero Wenzel verlangte nach seinem Bruder. Nach diesem Gespräch schilderte er ausführlich den Tathergang und war bereit, sein Geständnis zu unterschreiben.

Es geschah

Gero hatte in der Wohnung der Schwiegermutter einen Streit vom Zaun gebrochen und seine Frau verhöhnt und gedemütigt. Hilde Langner hatte ihre Tochter angefleht, bei ihr zu bleiben, nicht mit Gero heimzukehren.

Nina hatte sich nicht davon abbringen lassen. Sie hatte eine Pflicht gegenüber dem kleinen Steffen, der daheim bei der Nachbarin war, viel zu lange schon, und hoffentlich schlief.

Auf der Heimfahrt stritten sich Nina und Gero weiter. Es wurde sogar immer schlimmer. Sie beschimpften sich gegenseitig mit schier unwiederholbaren Worten.

Nina drohte mit Scheidung. Sie konnte und wollte dieses grauenvolle, unglückliche Leben an seiner Seite nicht mehr ertragen. Sein Jähzorn war unerträglich, seine Untreue war ihr längst gleichgültig geworden. Ihre große Liebe war in seiner Boshaftigkeit erstickt. Es hatte lange genug gedauert, bis sie sich aufraffte und sich wehrte.

Und doch – hatte Gero es geschafft, sie noch einmal zu reizen?

In diesem letzten Streit verlor Nina die Nerven und nannte Geros derzeitige Geliebte eine Schlampe, ein Flittchen, eine Nutte. Jedes Wort schrie sie heraus, als könnte sie sich damit von dem Schmutz befreien, der sie zu ersticken drohte.

Gero holte aus und versetzte ihr einen Schlag mit der Handkante an den Hals. Bewusstlos sank Nina zur Seite.

Wutentbrannt fuhr Gero mit seiner ohnmächtigen Frau auf den nächsten Parkplatz und würgte sie so lange, bis sie kein Lebenszeichen mehr von sich gab.

Scheinbar geschockt von seiner Tat fuhr er ziellos durch die Gegend, die sterbende Nina neben sich. Immer wieder trat er den Gashebel durch, fuhr viel zu schnell und schaffte es dennoch, ohne Unfall durch die Nacht zu kommen.

War Nina Wenzel tatsächlich schon tot gewesen? Oder hätte man ihr noch helfen können, wenn Gero wenigstens jetzt zum nächsten Krankenhaus gefahren wäre?

Wenn, ja, wenn ...

Gero suchte einen anderen, brutaleren Ausweg. Nach mehr als einer Stunde kam er an die Müllkippe, die fast in Sichtweite seiner Wohnung lag. Er hielt an und schleifte den Körper seiner Frau aus dem Wagen, zerrte sie über den holprigen Boden und ließ sie einfach fallen.

Wieder wuchs seine Empörung. Seine Amelie war keine Schlampe!

Wie irre vor Wut schlug er mit einem Ziegelstein, der ihm mehr zufällig in die Hände geraten war, wieder und wieder auf Ninas Gesicht ein, bis es nur noch eine unkenntliche Masse war.

Nina Wenzel war tot.

Gero fuhr nach Hause und holte Steffen bei der Nachbarin ab. Er entschuldigte sich sogar für die allzu große Verspätung und behauptete, dass Nina bereits im Bett lag, weil sie Kopfschmerzen hatte.

Morgens gegen fünf Uhr bemühte er sich, die Spuren seiner Tat zu beseitigen. Er ging dabei sehr gründlich vor. Erstaunt beobachteten einige Nachbarn, wie der als faul und arbeitsscheu verschriene Gero intensiv an seinem Wagen arbeitete, ihn innen wie außen wusch und polierte.

Trotz aller Gründlichkeit übersah er die Blutflecke am Boden des Wagens. Zudem hatte er keine Ahnung, welche Möglichkeiten die Polizei hatte, solche Spuren wieder sichtbar zu machen, die fürs bloße Auge scheinbar verschwunden waren.

Die Beamten der Mordkommission entdeckten außerdem auf der Fußmatte vor der Wohnungstür der Wenzels Erde, die von der Müllkippe stammte. Auch in Ninas Handtasche, von der die Henkel abgerissen waren, fanden sie ebenfalls mehrere Erdklumpen.

Die Reifenspuren auf der Müllkippe und der blutverschmierte Ziegelstein überführten den Mörder endgültig.

Nach einem Gespräch mit seinem Bruder gab Gero zwei Tage nach seiner grausamen Tat sein Leugnen auf und legte ein umfassendes Geständnis ab.

Eine wirkliche Erklärung für seine Tat hatte er nicht. Seine Arbeitslosigkeit, die viel zu junge drängende Geliebte, die drohende Scheidung, die stetig wachsenden Schulden und natürlich Ninas berechtigter Wutanfall ...

Starb Nenè, weil sie sich endlich mal zur Wehr gesetzt hatte?

Geld

„Gehst du einkaufen, Katja?", fragte Nina Wenzel an einem Freitagnachmittag..

„Ja, ich wollte gerade los. Soll ich dir etwas mitbringen?"

„Sei so lieb!" Nina seufzte. „Ich komme mal wieder nicht weg wegen der Kinder. Patrick ist ja lieb, den könnte ich mitnehmen. Aber Steffen kann schon recht lästig werden. Wenn Cynthia wenigstens pünktlich käme, um ihren Sohn abzuholen, dann hätte ich es einfacher!"

„Ja, zuverlässig ist sie nicht gerade", stimmte Katja zu. „Das ist im Büro nicht anders. Aber sag mir einfach, was du brauchst!"

„Ich brauche Milch, Margarine und Brot. Eigentlich sollte ich auch noch Bier und Zigaretten für Gero mitbringen." Sie kramte in ihrer kleinen Geldbörse. 4,69 DM kamen zutage.

Katja nahm ihre Tasche und ging zur Tür. „Lass mal, Nenè, wir rechnen später ab. Das hat doch Zeit."

Nina war blass geworden. Sie ließ ihre Geldbörse fallen, als hätte sie sich daran verbrannt, und lief hinter Katja her. Aufgeregt schüttelte sie ihren Arm.

„Der war schon wieder an meinem Geld! Heute Abend macht er Theater, brüllt herum und schmeißt mit Klamotten, wenn keine Zigaretten und kein Bier da ist!"

Katja drückte die Freundin in einen Sessel. „Reg dich jetzt nicht auf, Nenè, damit änderst du nichts. Ich bringe dir erst mal mit, was du dringend brauchst. Über alles andere reden wir später. Nur Bier und Zigaretten kann sich der Kerl selbst kaufen!"

Nina hielt die Freundin zurück. „Sag mir, um Himmels willen, warum Gero mir immer wieder das Haushaltsgeld klaut! Er geht saufen und hurt herum, und Patrick und ich können sehen, wo wir bleiben!" Sie schlug die Hände vors Gesicht und brach in hemmungsloses Schluchzen aus.

„Nein weine!", sagte Patrick bestimmt und riss seiner Mama die Hände herunter.

Nina nahm den kleinen Kerl auf den Schoß. Sofort schlang er die Ärmchen um ihren Hals. Sie riss sich mit Gewalt zusammen, brauchte wieder einmal Kraft für zwei. „Ach, Katja, es ist ja alles viel schlimmer, als du denkst!", seufzte sie. „Ich weiß langsam nicht mehr ein noch aus!"

Katja zog ihren Mantel wieder aus und setzte sich auf die Couch. „Ich glaube, es wird Zeit, dass du mir erzählst, was bei euch los ist", meinte sie. „Dass bei euch etwas ganz gewaltig schief läuft, weiß ich schon lange …"

„Es fängt ja schon damit an, dass ich Angst habe, wenn es schellt. Ich warte jeden Tag darauf, dass wir aus der Wohnung müssen oder dass sie pfänden!", sprudelte es nun aus Nina heraus.

Katja fiel aus allen Wolken. „Warum, um Himmels willen?"

„Seit zwei Monaten ist keine Miete mehr bezahlt und auch nicht die Raten für den Kredit. Als Haushaltsgeld habe ich nur noch das, was ich vom Jugendamt und von Cynthia für Steffen bekomme. Und das klaut Gero regelmäßig. Er randaliert, wenn es nicht nach seinen Wünschen geht. Dauernd ist er besoffen und zieht mit irgendeinem Mädchen durch die Gegend. Er schmeißt mit Geld nur so um sich. Natürlich nicht für uns! Woher er es hat, darfst du mich nicht fragen!"

Katja war entsetzt. So furchtbar hatte sie sich Ninas Situation nicht vorgestellt!

„Warum hast du nicht längst etwas gesagt? Soll Mike mit Gero reden? Ein bisschen Einfluss hat er ja. So geht es doch nicht weiter!"

Nina versuchte ein Lächeln. Sie setzte Patrick wieder auf den Teppich. „Nein, nein, Katja, lass Mike aus dem Spiel. Das kostet nur unsere Nerven, du weißt doch, wie Gero ist. Dann tobt er herum und schlägt nachher noch den Kleinen. Davor habe ich echt Angst. Allein der Gedanke daran macht mich wahnsinnig. Vielleicht geht er auch wieder auf mich los. Oder auf Mike, wie schon mal. Ich fürchte, Gero wird nicht einmal mit Mike reden."

„Was willst du denn tun?"

„Durchhalten, Katja, durchhalten und die Zähne zusammenbeißen bis Januar. Wenn unser Schreibmaschinenkurs zu Ende ist, habe ich eine Chance, in einem Büro unterzukommen. Patrick kann in einen Kindergarten gehen. Ich habe lange überlegt, wie ich es machen kann – jedenfalls nicht von jetzt auf gleich!" Nina stand auf und strich sich über die Haare. Sie wirkte ernsthaft entschlossen, vielleicht zum ersten Mal in diesen Jahren ihrer Ehe. „Ich werde gehen, Katja. Mit Patrick. Und es ist mir egal, ob ich die Schulden bezahlen muss oder nicht. Damit werde ich schon fertig. Ich schaffe das schon. Bis Januar dauert es nicht mehr lange. Wir haben ja schon September."

Katja nahm ihre Freundin in den Arm. „Wenn du uns brauchst, sag es bitte. Wir sind immer für dich da. Und wenn du es nicht mehr aushältst, packst du deine Sachen und kommst mit Patrick zu uns."

Nina lächelte fein. „So einfach geht das leider nicht. Ich habe jetzt auch noch Steffen. Ich kann das Kind nicht einfach abschieben. Das Jugendamt würde sich wohl sehr wundern. Erst will ich mit Gewalt ein

Pflegekind, und dann sage ich plötzlich: Danke nein! Das ist nicht drin. Ach Katja, es wird schon Januar werden!"

Es wurde Januar, ein düsterer Januar, ohne Nina. Die Welt war so dunkel geworden. Nichts erinnerte mehr an das, was einmal schön bunt und voller Leben war. Und es würde lange Zeit so bleiben, für Katja und Mike, für die Familie Langner, sicher auch für Wenzels und für alle, die Nina geliebt hatten.

Und Patrick musste seinen dritten Geburtstag bereits ohne seine Mama feiern.

Was blieb

Nachher. Alles war schwarz. In ihr drin.
Warum war die Sonne, der Himmel nicht schwarz? Warum gab es Menschen, die lachen konnten, jetzt, hier, so nahe, gleich nebenan?

Die Wohnung sah aus, als wäre Nina mal eben einkaufen gegangen. Alles war aufgeräumt und sauber, sauber wie Nina. Nur in der Küche stand etwas Frühstücksgeschirr. Aus der einen Tasse hatte Katja getrunken. Damals, vor hundert Jahren …
Hilde Langner weinte leise vor sich hin. Sie lief durch die Wohnung, von Zimmer zu Zimmer, ziellos, sinnlos, ohne zu wissen, wohin und warum.

„Bitte, Frau Langner!" Die Stimme des Kriminalbeamten klang fest und freundlich. „Bitte packen Sie die Sachen Ihres Enkels ein. Der Kleine vermisst sie sicher schon."

Katjas Mutter, Helga Preuß, war auf Bitten ihrer Tochter mitgekommen. Sie führte die aufgelöste, weinende Frau ins Kinderzimmer.

Im Wohnzimmer saß Katja in dem Sessel, in dem sie so oft gesessen hatte. Rote Bezüge hatte er, roter Cordsamt, den Nina täglich in eine Richtung gebürstet hatte.

„Fred, du hast doch mit ihm gesprochen. Hat er denn gar nichts gesagt? Warum hat er Nina – warum hat er das gemacht?" Katja war kaum zu verstehen. Sie wurde von ihrem eigenen Schmerz nicht mehr erreicht.

Fred zuckte die Schultern. „Ach, Katja, was soll ich darauf antworten." Starr blickte er aus dem Fenster.

Mit hölzernen, ungelenk wirkenden Bewegungen erhob sich Katja. Bedächtig öffnete sie eine Tür des Wohnzimmerschrankes nach der anderen und nahm Ninas persönliche Sachen heraus. Fred half ihr dabei. Schweigend verpackten sie alles in Säcke und Kisten.

Es dauerte nicht mehr als eine gute Stunde, bis alles, was Nina einmal etwas bedeutet hatte, in Freds Auto verstaut war.

Hilde Langner ging ein letztes Mal durch die kleine Wohnung. Nina hatte ihr Zuhause geliebt ….

Mit all den großen und kleinen Dingen, die Ninas Sein ausgemacht hatten, schien auch ihr Geist aus der Wohnung entschwunden zu sein.

Alles war leblos, war seelenlose Hülle einer verlorenen Zeit.

„Frau Langner!" Mit sanfter Stimme brachte sich der Kriminalbeamte in Erinnerung. „Wir müssen noch eine Aufstellung machen von dem, was Sie mitgenommen haben."

Hilde Langner war zutiefst schockiert. „Aber das gehört doch alles Nina!"

„Sehen Sie", erklärte der Beamte, „eigentlich ist nach dem Tod Ihrer Tochter der Ehemann der Erbe. Dazu kommt, dass Herr Fred Wenzel die Wohnung mit allem Inventar übernimmt. Auch wenn er sicher sehr großzügig ist und es für Sie noch einmal sehr schwer wird, muss dennoch alles seine Ordnung haben. Außerdem muss Herr Wenzel sich absichern. Er zahlt schließlich auch die Mietschulden."

Angewidert wandte Katja sich ab. Erst jetzt hatte sie begriffen, was es bedeutete, wenn Fred mit seiner Frau hier einzog. Sie würden in Ninas Küche kochen, wollten in ihrem Bett schlafen, in Ninas Wohnung leben!

Für Fred und seine schwangere Frau war es ein Glücksfall, so schnell eine eigene Wohnung mit allem drum und dran zu bekommen. Mit der Zahlung der Mietschulden erwarben sie auch das Recht auf Ninas Möbel.

Katja hätte am liebsten geschrien. Wie konnte Fred das tun? Konnte man denn alles damit entschuldigen, dass man sagte, das Leben geht weiter? Oder es blieb doch in der Familie?

Helga Preuß nahm Frau Langners Arm. „Dann gehen wir am besten in die Wohnung meiner Tochter", schlug sie betont forsch vor. „Katja kocht uns sicher eine Tasse Kaffee. Und eine Schreibmaschine ist auch da!"

Katja hackte wenig später tränenblind in ihre Schreibmaschine:

„Aushändigung der persönlichen Gegenstände der Nina Wenzel an ihre Mutter, Frau Langner.
In Gegenwart folgender Personen wurde die Aushändigung vorgenommen: Frau Hilde Langner, Herr Fred Wenzel, Frau Helga Preuß, Frau Katja Georgi und Herr Manfred Henner, Kriminalbeamter.
Folgendes wurde Frau Langner übergeben:
Persönliche Kleidungsstücke, Leibwäsche, Kosmetika, Fotos, Bett- und Tischwäsche, Handtücher, Geschirr

und Bestecke und ähnliche Aussteuerstücke, persönliche Geschenke der Anverwandten.

Diese Sachen wurden von Nina Wenzel mit in die Ehe gebracht oder ihr persönlich zugeeignet."

Darunter standen das Datum und die Unterschriften der Zeugen. Jeder der Anwesenden erhielt eine tränenfeuchte Durchschrift.

Ehe Frau Langner mit Helga Preuß nach Hause fuhr, schenkte sie Katja eine Kristallschale und ein paar weitere Erinnerungsstücke aus Ninas Besitz.

„Sie würde es wollen, Katja. Du hast so viel für sie getan, und das ist nur ein kleines Andenken", sagte sie leise.

Als sich die Tür hinter ihr und den anderen schloss, flüchtete sich Katja in ihr Schlafzimmer und warf sich aufschluchzend auf ihr Bett.

Es war vorbei …

Aussagen

Amelie B.: „Ich hatte keine Ahnung. Aber dem traue ich das zu. Gero besteht nur aus falschen Versprechungen. Das weiß ich leider erst seit letztem Montag. Da hatte ich mit seiner Frau gesprochen. Die war eigentlich ganz in Ordnung. Na ja, fertig mit den Nerven war sie. Ich glaube, die wollte ihn nicht mehr."

Hilde Langner: „Er war immer ein mieser Kerl. Das wussten doch alle. Und wie oft haben wir ihr das gesagt!" Sie weint. „Ich habe Nenè so gebeten, nicht mit diesem Verbrecher nach Hause zu fahren! Er hatte sie doch schon bei uns bedroht. Er sagte, dass er sich nicht scheiden lassen wollte, dieser Mörder. Lieber wollte er sie umbringen. Und er hat es getan! Er hat es getan!"

Die ehemalige Chefin: „Es ist unverständlich. Sie war so fleißig und ordentlich. Ich frage mich immer wieder, warum ausgerechnet so einem anständigen Mädchen so etwas passiert. Mein Gott, wir haben ihr alle nur das Beste gewünscht – ihr und ihrem kleinen Sohn. "

Eine ehemalige Kollegin schluchzt ein bisschen: „Ich hab's aus der Zeitung erfahren. Nicht unsere Nina, hab ich gedacht. Wir mochten sie alle gern. Sie hatte ein so liebes Wesen.."

Cynthia Vermeer: „Sie hatte zwar meinen Sohn in Pflege – und machte das auch gut – dennoch haben wir uns nie besonders gut verstanden. Sie gönnte dem armen Gero nichts und keifte nur herum. Sie war immer gegen ihn. Der Mord – na ja, das war wohl etwas übertrieben."

Mike Georgi: „Hinterher ist es leicht zu sagen, was man hätte tun können. In diesem Fall allerdings war vorauszusehen, was jetzt passiert ist. An einen Mord haben wir natürlich nicht gedacht. Wir haben immer damit gerechnet, dass Nina irgendwann einmal im Krankenhaus landen würde."

Katja Georgi: „Wir alle haben Schuld. Man hätte es verhindern können. Auch die Eltern. Jetzt schimpft nur noch einer auf den anderen. An Patrick denkt keiner!"

Eine Nachbarin: „Sie war ja sehr nett und immer lieb zu dem Kleinen. Sie hat mir leid getan. Alle wussten, dass nie Geld im Haus war, obwohl sie geschuftet hat wie ein Pferd. Er war mürrisch und unfreundlich und konnte nicht mal grüßen, wenn man ihm begegnete. Der soff ganz gern. Von Arbeit hielt er überhaupt nichts."

Eine andere Nachbarin: „Die arme junge Frau! Ich mag gar nicht wissen, was sie manchmal auszustehen hatte. Sie glauben gar nicht, wie oft der Kerl in der Wohnung getobt und randaliert hat."

Fred Wenzel, der Bruder des Mörders: „Ich kann nicht viel dazu sagen. Ich verstehe es nicht. Für mich und meine Familie ist das Ganze entsetzlich, ein Alptraum. Gero hat das sicher nicht gewollt."

Was aber hatte Gero gewollt? Warum hatte er „das" getan?

Todesanzeige

Nina Wenzel geb. Langner

Durch ein tragisches Geschick wurde sie allzu früh aus unserer Mitte gerissen.

**Meine liebe Mama,
unsere gute Tochter und Schwiegertochter,
Schwester, Schwägerin, Nichte und Enkelin**

**Sohn Patrick
Heinz und Hilde Langner
im Namen aller Angehörigen**

Und Gero? Was würdest du schreiben? Trauerst du um deine Frau? Oder leidest du für dich und um dich? Denkst du an deinen Sohn, dem du die Mutter genommen hast, der nun der Sohn eines Mörders ist? Diesen Stempel wird er zeit seines Lebens behalten …

Und Katja und Mike – auch sie hatten einen Menschen verloren, der ihnen so unendlich viel bedeutete. Ihr Leben hatte eine Wendung genommen, die kein Leben bekommen sollte. Ja, auch sie waren Opfer.

Träume zerstört …

Weißt Du eigentlich, was Du getan hast, Gero Wenzel?

Der erste Brief

Mike du und deine Frau zähltet zu unseren Freunden. Ersd möchte ich mich für die Lüge bei euch zweien Endschuldigen. Ich weis das ich in der Rechtschreibung schlecht bin haldet es mir bitte nicht vor. Eure Anschrifd weis ich nicht genau, darum diese ulgige anschrifd. Katja ich würde ser gerne mit euch, wen es euch möglich wäre Brieflich in ferbindung dreten und bleiben. Voraussetzung ist natürlich ihr wold. Katja warum ich überhaubt an euch schreibe ist kans gurz ärglährd. Einmal würde ich gerne erfahren ob ihr noch lebt. Andererseids habt ihr beschtimd einige Votos von Nina klein Patrick und beide zusammen. Schigt mir doch bitte einige. Katja und du Mike bitte glaubt auch ihr, wen ich euch schreibe. Das Ich Nina nicht vorsätzlich umgebracht habe. Wen ihr beide mir schreiben würdet, werde ich es euch von Brief zu Brief versuchen zu erglähren. Und nich wie es in der Zeitung schtand wegen Amelie. Katja Amelie ist noch jungfrau. Ich habe nicht mit Amelie geschlaffen. Nina musde nicht wegen ihr Schterben Katja. Ich werde es versuchen euch zu erglähren in einem Brief für den ich einen vinden mus der in Raus nimd. Der nicht übers Gericht und zensird wird. Katja ich glaube nun zu wissen was das Motif war, ich wolde es ersd nicht war haben. Werde es euch aber auf einem Umweg Schreiben, den kantzen tages ablauf, alles aber auch wirglich alles. Um mit hielfe über das Schigsall patricks. Über seine etweiige oder totale freikabe zu Atobtion. Ich weis wirglich nicht was besser für den Jungen ist. Für heute schliese ich, hoffe auf eine Andwor

Die Unterschrift fehlte.

Diesen Brief – ganz wörtlich so – erhielten Katja und Mike am 30. Januar, viereinhalb Monate nach dem Mord. Er trug das Datum vom 27. Januar.

Sie beschlossen, nicht zu antworten. Aber von Stund' an hatte Katja Angst, den Briefkasten zu öffnen – eine Angst die sie über viele Jahre behalten sollte.

Tanzstunde

„Katja, warum tanzt ihr eigentlich nicht mehr?", fragte Nina die Freundin.

„Erstens fehlt uns das Geld dafür, und zweitens müssten wir uns eine neue Tanzschule suchen. Die alte ist doch viel zu weit weg."

Nina zupfte nachdenklich an ihren kurzen schwarzen Strähnchen. „Ich würde so gern mal zur Tanzstunde gehen. Kannst du das verstehen? Weißt du, ein einziges Mal etwas richtig genießen!"

Sie seufzte sehnsuchtsvoll und schaute verträumt in die Kerze. Katja löschte mit einem heftigen Pusten die kleine Flamme. Es war besser, Nenè auf den Erdboden zurückzuholen.

„Möchtest du noch etwas Kaffee, Nenè?" Sie füllte noch einmal die Tassen. Ninas heimliche Sehnsucht beschäftigte sie sehr. „Ihr wart doch beide noch nie in der Tanzschule. Warum meldet ihr euch nicht einfach mal zu einem Kurs an? Ihr habt es doch gut, ihr könnt gehen. Patrick ist inzwischen groß genug. Der kann ruhig schon mal drei Stunden allein bleiben. Länger wird es mit der Fahrt nicht sein. Eure Nachbarin passt bestimmt gern auf ihn auf."

Nina seufzte. „Ach, du weißt doch, wie Gero ist. Er würde nie mitgehen. So etwas hat er schon immer abgelehnt – wie alles, was mir Spaß macht. Du kennst ihn ja. Und allein … Und dann … das Geld … Du weißt ja wie das ist. …""

Nina hing ihren Gedanken nach. Es gab so viele Wenn und Aber. Doch dann ging ein Ruck durch den schmalen Mädchenkörper.

„Jetzt habe ich d i e Idee!" Sie lachte ihr seltenes, trillerndes Lachen. „Katja, ihr kommt einfach mit!"

Aus der verhärmten, viel zu ernsten jungen Frau mit den quälenden Sorgen und dem ganz großen Kummer war auf einmal wieder das fröhliche junge Mädchen geworden von vor endlos langer, längst vergessener Zeit. Nina machte Pläne, kicherte, plapperte, tanzte vergnügt durch das Zimmer. Katja wurde von ihrem Tatendrang einfach überrollt.

Wie gern ließ sie sich das gefallen! Sie genoss Ninas bunte Träume und erinnerte sich an ihre erste Tanzstunde, ein Erlebnis, das sie nicht missen mochte und das sie jedem, vor allem aber ihrer besten Freundin, von Herzen gönnte.

Im Geiste erlebten sie schon die tollsten Abenteuer. Sie malten sich die fantastischsten Ballroben aus und schwärmten von den großartigsten Tänzern, die natürlich nur ihnen zu Füßen lagen.

Als Mike am Abend aus dem Büro kam, hatten Nina und Katja keine Schwierigkeiten, ihn zum Mitmachen zu überreden. Er tanzte leidenschaftlich gern. Noch lieber aber gab er Ninas wegen nach. Irgendwie hatte er immer das Gefühl, er müsste etwas für die junge Frau tun. Und das Geld … na ja, wenn sie ein bisschen sparsamer lebten …

Wenig später kam Gero dazu. Er wollte von dem Plan der anderen nichts wissen. Er bekam, wie Nina es nannte, einen mittleren Anfall. „Ich bin doch nicht bekloppt! Dauernd mit Schlips und Anzug rumlaufen! Ich kann die Hopserei sowieso nicht ausstehen. Und dann soll ich wohl noch für die blöden Hippen schöntun? Mit denen kannst du doch gar nichts anfangen. Für was haltet ihr mich eigentlich? Für so einen Quatsch gebe ich keinen Pfennig aus!"

Er schnaufte vor Empörung. Erregt wollte ihm Nina antworten. Mike hinderte sie jedoch daran und erklärte rasch in seiner ruhigen Art, wie es heute in einer modernen Tanzschule zuging. Gero blieb stur. Zu dritt redeten sie auf ihn ein. Einen ganzen Abend lang.

Als sie endlich ihr Ziel erreicht hatten und Gero zustimmte, glaubte keiner ernsthaft daran, dass er die zehn Abende des Kurses durch-

hielt. Wahrscheinlich würde er die meisten Stunden schwänzen und die Zeit auf seine Weise nutzen.

Gero kam tatsächlich nur zweimal zum Unterricht. Mit seiner Ungeduld und seiner Widerborstigkeit verdarb er den anderen den Spaß.

Er zeigte jedem überdeutlich, dass er nicht freiwillig angetreten war. Die anderen Teilnehmer fand er bescheuert und verweichlicht, den netten Tanzlehrer nannte er einen widerwärtigen Charmebolzen. Sämtliche „Weiber" waren Trampeltiere, und die Zeit in diesem „Miefloch", sprich Tanzschule, war sowieso verplempert.

So waren alle froh, als er immer wieder neue Ausreden fand und dann auch ohne Entschuldigung fernblieb. Was er in dieser Zeit tat, hat nie jemand erfahren.

Für Nina jedoch wurden die nächsten acht Wochen wohl mit die schönsten in ihrem viel zu kurzen Leben. Die bildhübsche junge Frau wurde umschwärmt und blühte sichtlich auf. Zum Glück interessierte sich Gero so wenig für seine Frau, dass er nichts davon bemerkte.

Zum Abschlussball kam das Ehepaar Wenzel nicht. Gero hatte sich standhaft geweigert, zum Friseur zu gehen oder gar in seinen einzigen, verhassten Anzug zu steigen. Nina war zutiefst gekränkt. Dennoch wollte sie nichts davon wissen, die Freunde ohne ihren Mann zu begleiten.

„Versteh das bitte, Katja", sagte sie und lächelte traurig. „Wir sind verheiratet. Bei einem solchen Ereignis möchte ich ihn an meiner Seite haben, wo er ja eigentlich hingehört!"

„Ach, Nenè!"

„Du wirst mir genau erzählen, wie es war, nicht wahr?"

Das versprach Katja gern. Nenè fehlte ihr bei diesem Ball.

Es begann die Zeit, in der sich Nina Wenzel langsam von Gero löste, in der ihre übergroße Liebe, ihr letztes Quäntchen Hoffnung endgültig starb.

Zu spät.

Glück

„Mike, war Nenè eigentlich irgendwann einmal so richtig glücklich? Oder wenigstens nur ein ganz kleines bisschen?" Katja hatte das Babyjäckchen, an dem sie arbeitete, aus der Hand gelegt und blickte Mike nachdenklich an.

Es dauerte einen Augenblick, ehe er antwortete. „Du weißt doch, kein Mensch ist ununterbrochen glücklich oder unglücklich. Es gibt viele Dinge, die Freude machen und Glück schenken. Zum Beispiel, wenn man jemanden sehr liebt ..."

Mike macht eine kleine Pause, ehe er eindringlich weitersprach. „Nina hat Gero sehr geliebt. Wahrscheinlich hätte sie es sonst nicht so lange mit ihm ausgehalten. Es gab mit Sicherheit eine ganze Reihe Stunden, in denen sie auch mit ihm glücklich war. Sie hat sehr viel Schönes erlebt, vergiss das nicht. Unsere Ausflüge, die vielen Feste, all die großen und kleinen Streiche, der ganze Blödsinn, den wir gemeinsam gemacht haben, und nicht zuletzt die Tanzstunden."

„Ja, die Tanzstunden", fiel Katja ein. Ein Strahlen erhellte ihr Gesicht. „Die haben Nina wirklich Spaß gemacht. Ich glaube, sie wäre eine sehr gute Tänzerin geworden."

„Bestimmt. Es waren ausgesprochen schöne Abende. Da fällt mir ein, das wichtigste in Nenès Leben darfst du nicht vergessen: Patrick."

„Sie hat sehr an ihm gehangen. Ach, Mike, sie war eine richtig gute Mutter!"

„Ich glaube, wir sehen ihr Leben anders, vielleicht nicht ganz objektiv", sagte Mike langsam. „Wir sind verständlicherweise voreingenommen. Für Nina waren die schönen Stunden, auch wenn es nur sehr wenige waren, weitaus wichtiger als alles Leid. Vielleicht war sie deshalb auf ihre Art ein besonders glücklicher Mensch – zumindest zeitweise", setzte er hinzu.

„Er hätte sie nie schlagen dürfen!", murmelte Katja mit düsterer Miene.

„Er hätte so vieles nicht gedurft!"

Schweigend saßen sie einander gegenüber. Katja legte ihre Handarbeit zur Seite und stand auf. Sie stellte die Kaffeetassen ineinander und brachte das Geschirr in die Küche.

„Wenn sie wenigstens genug zu Essen gehabt hätte! Aber nicht einmal das hat Gero ihr gegönnt."

Mike brachte die Kaffeekanne, stellte sie auf die Kaffeemaschine und nahm Katja in die Arme. Zärtlich küsste er ihre Tränen fort.

„Wir können nichts mehr ändern, Liebes. Und was in unserer Macht stand, haben wir auch getan." Er hob Katjas Kinn etwas an. „Nina wäre dir sehr böse, wenn sie dich jetzt sehen könnte. Du sollst dich nicht so quälen!"

Katja lehnte ihren Kopf an seine Brust. „Ach, Mike, das ist so leicht gesagt. Ich kann nicht über meine Gedanken bestimmen. Die kommen von ganz allein, Tag und Nacht – sogar in meine Träume …"

„Ich weiß." Er versuchte zu lächeln. „Dennoch soll Nina von nun an für uns eine liebe Erinnerung sein. Die schlimmen Stunden müssen wir vergessen, auch wenn es uns schwer fällt."

„Niemals!" Katja weinte wieder vor sich hin. „Wie kann ein Mensch so grausam sein?"

„Katja, bitte! Es ist vorbei, Liebling. Für uns muss das Leben weitergehen!"

Er bemühte sich, sie seine Ungeduld nicht spüren zu lassen. Auch ihm setzte der grausame Tod Ninas immer noch zu. Und doch empfand er völlig anders. Ihm war wichtig, dass der Täter gefasst war. Nun wollte er endlich zu dem beschaulichen Leben eines werdenden Vaters zurückkehren, auch wenn es noch so schwer war.

Er gab ihr die vom Arzt verordneten Beruhigungstabletten, was er gar nicht gern tat angesichts der Schwangerschaft. Doch irgendwie musste sie sich ja beruhigen.

Für sich selbst lehnte er Beruhigungsmittel ab. Er war sich darüber klar, dass er wieder eine schlaflose Nacht haben würde. Aber Mike brauchte diese Zeit auch zum Nachdenken. Er wusste, er würde einen Weg für sie beide finden müssen, für sich, für Katja und für diesen Winzling, der in ihr heranwuchs.

Es gab so unendlich viel, was er bedenken musste. Sich einzuigeln, abzuschotten, war keine Lösung. Es blieb ihm nichts anderes übrig, als sich den Problemen zu stellen.

Wie sollte es weitergehen? Was sollte werden? Katjas Baby war schon genug gefährdet. Dann war da noch Patrick, um den sie sich kümmern wollten. Das waren sie Nina schuldig.

Die größte Angst aber hatte Mike vor dem Tag, an dem sie Gero wiedersehen würden: Irgendwann würden sie eine Vorladung bekommen für die Verhandlung.

Die Verhandlung vor dem Schwurgericht gegen den vierundzwanzigjährigen Hilfsarbeiter Gero Wenzel wegen vorsätzlichen Mordes aus niedrigen Beweggründen an seiner knapp zwanzigjährigen Frau Nina …

Wenn sie doch diesen furchtbaren Tag endlich hinter sich hätten! Mike sehnte sich nach Normalität, nach ihrem früheren Leben und wusste, dass es nie mehr so sein konnte.

Dennoch hoffte Mike, dass auch Katja nach der Verhandlung, nach einem entsprechenden Urteil endlich mit diesem Verlust und der Belastung abschließen konnte.

Würde wenigstens Mike sein Glück erhalten können?

Die Verhandlung

Katja lag im Krankenhaus und hätte eigentlich überglücklich sein müssen. Eva-Nina war nun zwei Tage alt, und Mutter und Tochter hatten die Geburt gut und glücklich überstanden.

Aber von der wunschlosen und alles überstrahlenden Seligkeit einer jungen Mutter war Katja meilenweit entfernt. Erst recht an diesem Tag, an dem die Verhandlung gegen Gero Wenzel beginnen sollte. Katja konnte der Aufforderung des Gerichtes nicht nachkommen, als Zeugin gegen den Mörder ihrer Freundin gegenüberzutreten.

Die frischgebackene Mama war völlig verzweifelt. Sie hatte das Gefühl, unbedingt aussagen zu müssen, Nenè zuliebe. „Ich muss dahin", hatte sie ihrem Arzt mitgeteilt. „Bitte, begreifen Sie doch, ich muss aussagen!"

Der Arzt verstand die junge Frau sehr gut. Dennoch gestattete er keinen Ausflug ins Gerichtsgebäude. „Ihre Tochter braucht Sie, Frau Georgi", erwiderte er fast beschwörend. „Überlassen Sie alles andere Ihrem Mann!"

„Nein", rief Katja empört. „Sie verstehen gar nichts! Ich muss ihn sehen, ihn beobachten! Ich will wissen, was er sagt! O Gott, ich hätte es verhindern müssen! Wenn Sie mich nicht mit meinem Mann gehen lassen wollen, dann bringen Sie mich bitte im Krankenwagen hin. Es gibt doch auch Rollstühle! O Gott, ich muss dahin!"

Fassungslos weinend lag sie in ihrem Bett und hielt ihr Baby so fest im Arm, dass es ebenfalls zu weinen begann. Katja wusste nicht, ob es ihr Gerechtigkeitssinn, ihre immer wieder aufkeimenden Schuldgefühle oder simple Rache waren, die sie trieben. Sie hatte nur den einen Wunsch, diesen Mörder für immer hinter Gittern zu wissen.

Sie bekam ein Beruhigungsmittel und durfte ihre kleine Tochter den ganzen Tag bei sich behalten, was damals noch nicht üblich war. Eine Schwester war stets in ihrer Nähe. Keine Sekunde ließ man die junge Frau aus den Augen.

Als Mike am Abend ins Krankenhaus kam, war er ziemlich blass. Es dauerte eine Weile, bis er zu sprechen begann.

„Ich schmeiße den Anzug weg", erklärte er hart. „Den ziehe ich nie wieder an!"

Katja verstand sofort, was er meinte. Mike und Gero hatten sich in besseren Zeiten die hellblauen Anzüge gemeinsam gekauft, weil sie todschick waren und auch die beiden Freundinnen oft die gleichen Kleider trugen. Und tatsächlich sahen die beiden jungen Männer ausgesprochen attraktiv darin aus.

„Wir müssen unsere Goldstücke an die Kette legen", hatte Nina sehr verliebt und mit verlegenem Lachen festgestellt.

Nun hatte Gero ausgerechnet diesen Anzug – wahrscheinlich den einzigen, den er besaß – bei der Verhandlung getragen.

„Wir geben ihn weg!" Katja schüttelte sich. Nein, sie wollte ihren Mann nie wieder in diesem – diesem Teil sehen!

„Was hat er gesagt", drängte sie Mike.

„Nicht viel", erwiderte er langsam.

Gero hatte sich völlig unbewegt gegeben und keine Reue gezeigt. Die Fotos vom Fundort hatte er sich höchst interessiert, aber ohne jegliche Regung angesehen. Er hatte Dinge über Nina gesagt, die von der Wahrheit himmelweit entfernt waren. Sie hätte einen Hang zu Liebesromanen gehabt, hatte er behauptet, und ewig gelesen, während die Wohnung zu einer Dreckshöhle verkam und Patrick einnässte, was gar nicht mehr nötig war. Und nur dann hätte er sie geschlagen. Hatte sie es nicht herausgefordert?

Den Obduktionsbericht verschwieg Mike ihr wohlweislich. Man hatte sogar Ninas Mutter aus dem Saal gebracht, als der Bericht verlesen wurde. Katja konnte ihn bedrängen, so viel sie wollte, Mike blieb stur.

„Es war nicht weiter interessant", behauptete er immer wieder. „Wir wussten doch schon längst, wie es geschehen ist."

Katja hätte nicht sagen können, warum sie den Inhalt des Obduktionsberichtes so genau wissen wollte, konnte sich selbst nicht erklären, warum ihr so viel daran lag. Nina war tot, und kein Bericht der Welt würde daran etwas ändern.

Auch Helga Preuß bemühte sich, ihre Tochter zu schonen. Sie sprach nur davon, wie leid ihr Frau Langner getan hatte, als man sie aus dem Saal brachte. „Sicher war es besser so."

Katja fühlte sich verraten. Erst viel später begriff sie, wie sehr allen daran gelegen war, ihr die grausamen Einzelheiten zu ersparen.

Wollte sie mehr erfahren, musste Katja auf die Zeitung zurückgreifen. Doch erstaunlicherweise gab es nicht ein einziges Exemplar im ganzen Krankenhaus. Dafür hatten Mike und Katjas Arzt gesorgt.

Erst als sie wieder zu Hause war, gab ihr Vater ihr eine Mappe, in der er alle Artikel von seiner Sekretärin hatte einkleben lassen.

Während der nur zwei Tage dauernden Verhandlung beschuldigte Gero seine Frau, ihn provoziert zu haben. Wenn man ihm glauben wollte, war Nina die bösartigste Ehefrau, die liebloseste Mutter und die schlampigste Hausfrau auf Gottes Erdboden gewesen.

Genüsslich schlachteten die Zeitungen die Aussagen des Mörders aus, so dass alle, die Nina gekannt hatten, in helle Empörung ausbrachen.

Es stimmte wohl, dass Nina viel zu jung in eine Verantwortung geschlittert war, die sie noch gar nicht hatte tragen können. Mangelnde Mutterliebe und Faulheit konnte man ihr jedoch ganz bestimmt nicht nachsagen. Aber wer wusste das schon? Und vor allem, wer wollte die Wahrheit wirklich wissen?

„Die schrie immer, wenn ich mal `ne Flasche Bier getrunken habe", las Katja Monate später in den Zeitungsausschnitten über die Gerichtsverhandlung.

„Betrunken war ich nur ganz selten. Und geschlagen habe ich sie bloß, wenn sie Patrick geschlagen hat. Der machte nämlich schon mal in die Hose, wenn Nina einfach nicht aufhören wollte, in ihren Kitschromanen zu lesen."

Gero, Gero, wie konntest du nur so lügen!

Von zwei Selbstmordversuchen erzählte er, die er angeblich unternommen hatte, weil er das Leben mit Nenè nicht mehr ertrug. Doch weder Katja noch Mike wussten etwas davon. Und das war erstaunlich, da Nina ihnen immer alles erzählt hatte.

Katja erinnerte sich dunkel, dass Gero einmal die Arme so sehr zerschnitten hatte, dass er ins Krankenhaus musste. Nina hatte damals aufgeregt und voller Sorge um ihren Mann erzählt, er wäre mit ein paar leeren Flaschen im Arm die Treppe hinaufgefallen.

Die Geschichte hatte unglaubwürdig geklungen. Aber Nina hatte sie in blinder Liebe glauben wollen. Ihre Naivität war einfach unglaublich gewesen.

Für Mike und Katja hatte es eher nach einem misslungenen Einbruch ausgesehen. Gero selbst erzählte später angeberisch, wie einfach es war, nachts aus dem Krankenhaus abzuhauen. Was er wohl mehr als einmal praktiziert hatte. Selbst jetzt sah es noch so aus, als wäre es für ihn pures Vergnügen gewesen. Viel später, im Rahmen der Ermittlungen um den Mord an Nina, kam heraus, dass er in dieser Zeit tatsächlich in ein Geschäft eingebrochen war. Gero war davon überzeugt gewesen, dass sein Aufenthalt im Krankenhaus ihm das perfekte Alibi bot.

Nein, an die angeblichen Selbstmordversuche mochte Katja nicht glauben. Gero hing viel zu sehr an seinem bequemen Leben. In ihren Augen war er ein Feigling; denn nur Feiglinge vergriffen sich an denen, die sich nicht wehren konnten.

Katja war sich allerdings ganz sicher, dass Gero mehr als nur die beiden Freundinnen gehabt hatte, die er vor Gericht zugab. Zumindest Cynthia hatte er verschwiegen. Dass Nina nicht gerade erfreut über diese Tatsache war, war allzu verständlich. Ihre gerechte Empörung konnte man sich vorstellen, als sich die letzte dieser sehr jungen Damen mit ihr in Verbindung setzte.

Katja kämpfte gegen Wut, Fassungslosigkeit und Entsetzen, als sie las, was Gero über den Tathergang sagte. Wie immer suchte er die Schuld bei anderen – bei Nenè, die keine Chance mehr hatte, ihm zu widersprechen.

„Erst hat sie Amelie beschimpft, und dann hat sie behauptet, Patrick wäre gar nicht mein Sohn. Da habe ich zugeschlagen!"

Bis zu jenem schrecklichen Tag war es immer wieder Gero gewesen, der seine Frau als Nutte beschimpft und der lustvoll die Vaterschaft abgestritten hatte – zumindest dann, wenn er wusste, dass Nina sich darüber ärgerte. Patrick sah ihm so ähnlich.

Katja war schockiert – und fühlt sich schuldig...

Seelen im Wind

Seelen wie Wolken
Seelen wie Seide
empfindsam wie Blüten
zerbrechlich wie Glas

Nur leise streicheln
zart berühren
nicht zerstören -
Seelen spüren das

Seelen wie Samt
Seelen wie Sonne
strahlen im Glück
zerfließen im Leid

Seelen im Wind –
Sie flüchten so weit
Sie sind nicht verloren,
Jetzt sind sie frei.

Penatencreme

An einem warmen Sommerabend, es war der 22. August, saßen Katja, Mike und Cynthia auf dem kleinen Balkon zusammen und genossen die herrliche frische Luft, die nach dem heißen Tag angenehm abgekühlt war.

Als es schellte, war es schon sehr spät. Katja wollte die Tür gar nicht mehr öffnen, da sie keinen Besuch mehr erwarteten.

„Du Angsthase!" Mike lachte und ging zur Sprechanlage und meldete sich. „Georgi. Wer ist da, bitte?"

„Hier ist Gero. Könnt ihr bitte noch mal zu uns 'rüberkommen?" Seine Stimme klang fröhlich. „Am besten bringst du deinen Fotoapparat mit, falls du noch einen Film drin hast!"

Cynthia warf demonstrativ einen Blick auf ihre Armbanduhr. „Was soll der Quatsch?", meinte sie. „Ich fahre nach Hause, ich muss morgen früh raus!"

Aber Katja hörte ihr gar nicht erst zu. Ohne auf die beiden anderen zu warten, stürmte sie die Treppe hinunter.

„Vergiss den Schlüssel nicht, Mike!", rief sie zurück und dachte: Hoffentlich ist nicht schon wieder etwas passiert! Eine Panikattacke hatte sie erfasst.

Wenig später standen sie, ein wenig außer Atem, zu viert vor der Wohnungstür der Wenzels. Leise schloss Gero auf.

Nina stürzte ihnen tränenüberströmt entgegen und warf sich schluchzend in Katjas Arme. „Ich will hier raus! Ich halte das nicht mehr aus! Bring mich von hier weg! Bitte!!"

Erschrocken versuchte Katja, die Freundin zu beruhigen. Aber es wollte ihr nicht gelingen. Nenè war außer sich.

Cynthia versteckte sich hinter Geros Rücken und gab sich keine Mühe, ein verächtliches Grinsen zu verbergen.

„Armer Gero", sagte sie laut und vernehmlich, was ihr einen bösen Blick von Mike eintrug.

„Sei still", *erwiderte er empört und zog Gero ins Wohnzimmer. „Was ist hier eigentlich los? Nina ist normalerweise nicht so schnell aus der Fassung zu bringen. Hattet ihr wieder mal einen Privatkrieg?"*

„Wenn es nur das wäre!" Nina schluchzte herzzerreißend. Sie war mit Katja den Männern gefolgt. „Geht mal ins Kinderzimmer und seht euch die Schweinerei an!"

Es war Cynthia, die als erste ins Kinderzimmer lief und das Licht einschaltete. Die anderen drängten nach.

Auf den ersten Blick sah alles sehr friedlich aus. Patrick und der kleine Steffen schliefen wie zwei Engelchen, die kein Wässerchen trüben konnten.

Doch dann entdeckten sie die Bescherung. Nina weinte wieder laut auf und klammerte sich an Mike. Cynthia stieß einen spitzen Schrei aus.

„Um Himmels willen, Hilfe! Wie sieht denn Steffen aus? Was habt ihr mit meinem Sohn gemacht?"

Der Kleine war mit einer weißen Paste beschmiert, so dass sein blonder Haarflaum in kleinen Stacheln abstand.

Als Katja sich in dem Zimmer umsah, entdeckte sie eine große Dose Penatencreme, die offen auf dem kleinen Schränkchen stand. Allerdings war sie leer. Dafür aber war das Schränkchen mit cremig-weißen Penatenstreifen verziert, genau wie die Heizung, die Fensterbank und die Gardinen. Neben der leeren Cremedose befand sich ein eigentümlicher weißer Berg, der sich bei genauerem Betrachten als Steffens Lauflernschuhe entpuppte.

„Ih! Ist das glibschig!" Katja schüttelte sich und hielt die Schühchen Gero entgegen. „Kümmere dich bitte darum. Ich glaube, die Creme ist bis in die Schuhspitzen geschmiert!"

Dann trat sie an Patricks Bett. Wenn Nina nicht so außer sich gewesen wäre, hätte sie sicher laut gelacht. So aber verkniff sich Katja das Lachen, das ihr im Halse stak, und sprach beruhigend auf Nina ein.

„Es ist alles halb so schlimm, Nenè! Sieh dir mal deinen Sohn an! Sieht er nicht süß aus?"

Der kleine Lümmel – er musste es ja gewesen sein! Steffen war noch zu klein für solche Streiche – hatte sein Bett ebenfalls mit Penatencreme verschönert. Sich selbst hatte er natürlich auch nicht vergessen.

„Komm, Nina", begann Katja noch einmal. *„Reg dich nicht weiter auf. Wir bringen das jetzt gemeinsam in Ordnung. Wenn jeder anfasst, sind wir schnell fertig, und der Unsinn ist rasch vergessen!"*

Cynthia maulte vor sich hin. Dafür gab sie Nina nicht das Geld! Sollte sie doch mit den Kindern allein fertig werden, wenn sie sich so etwas aufhalste! Aber sie wagte keinen lauten Widerspruch.

„Einen Augenblick", bat Mike. *„Ihr seid wirklich ein bisschen zu schnell! So etwas muss man fotografieren, da hat Gero Recht. Später werden wir über die Bilder lachen. Und was meinst du, Nina, was Patrick einmal dazu sagt, wenn er erwachsen ist?"*

Er machte ein paar Fotos und brachte dann den Apparat in Sicherheit vor dem Geschmiere. Mike und Gero kümmerten sich um das Schränkchen, die Heizung und die Kinderbetten. Nina zog das schmutzige Bettzeug ab und bezog alles mit frischer Wäsche. Noch immer schluchzte sie leise vor sich hin.

Cynthia hatte ihren Sohn aufgenommen und versuchte, mit möglichst wenig Aufwand die Penatencreme aus seinen Haaren, den Ohren und der Nase zu entfernen. Aber das war gar nicht so einfach. Steffen, der sich ruhig hatte wecken lassen, wehrte sich jetzt heftig und schrie wie am Spieß.

Katja hatte den kleinen Übeltäter Patrick in die Badewanne gesetzt und wusch ihm ohne allzu große Rücksichtnahme den Kopf. Sie wusste, dass sie mit Vorsicht und Sanftmut nicht viel erreichen konnte. Die Creme war allzu widerspenstig.

„Ich glaube, Cyn, massenweise Shampoo ist die einzige Möglichkeit, das verflixte Zeug aus den Haaren zu kriegen", stöhnte sie.

Auch Patrick begann zu schreien. Aber niemand achtete darauf. Sie waren allzu sehr mit dem Kampf gegen die Creme beschäftigt. Ob er begriff, dass er nun ausbaden musste, was er sich selbst eingebrockt hatte?

Viel schlimmer aber war, dass die jungen Eltern nicht verstanden, dass die Tat ihres Kindes ein Hilferuf war. Sie suchten die Schuld nicht bei sich. Und doch hatte sich der kleine Kerl nur mit seinen Mitteln gegen die harte, böse Welt der Erwachsenen zur Wehr setzen und die Aufmerksamkeit seiner Eltern wecken wollen. Davon war Katja überzeugt.

Es dauerte eine ganze Weile, bis die Kinder wieder sauber und friedlich in ihren frischbezogenen Betten lagen. Erschöpft setzten sich die Großen ins Wohnzimmer.

„Ihr müsst doch gemerkt haben, dass da etwas nicht stimmt", stellte Katja fest.

„Um halb neun war noch alles in Ordnung", erklärte Nenè. „Da hatte ich nachgesehen. Und als ich vorhin ins Zimmer kam, war schon alles vorbei. Wir haben nichts gehört!"

„Wenn ihr euch zankt wie die Kesselflicker", brummte Mike.

Gero zuckte gleichgültig mit den Schultern, und Nina senkte betreten den Blick. Sie äußerte sich mit keinem Wort zu dem, was an diesem Abend zwischen ihr und ihrem Mann vorgefallen war. Gerade das aber machte Katja Sorge.

„Und warum habt ihr nicht angerufen? Wir wären auch dann gleich gekommen", meinte sie und versuchte, Nina und Gero gleichzeitig zu beobachten.

Gero schwieg. Aber sein grimmiges Gesicht sprach Bände.

Nina schaute an Katja vorbei. „Ich habe vergessen die Telefonrechnung zu bezahlen", erwiderte sie tonlos.

„Die Telefonrechnung – vergessen. Aha!" Mike baute sich vor Gero auf. „Kann ja mal vorkommen, nicht wahr?"

„Das erledige ich gleich morgen", brummte Gero unwillig.

Katja legte den Arm um Nina. „Willst du bei uns schlafen?"

Nina lehnte entschieden ab. Wieder einmal. „Auch wenn du mich nicht verstehst, Katja, ich gehöre hier hin."

„Das will ich aber auch meinen!", empörte sich Cynthia. „Du kannst doch deinen Mann nicht im Stich lassen! Wenn ich so einen Mann hätte wie du ..."

Gero war Cynthias Anmache heute offensichtlich gar nicht recht. Er verzog sich in die hinterste Zimmerecke und tat so, als ginge ihn das Ganze nichts an. Und außerdem – er musste erst einmal überlegen, woher er morgen das Geld für die Telefonrechnung nahm. Er besaß keinen Pfennig mehr ...

Nina warf Cynthia einen traurigen Blick zu. „Arme Cyn, wenn du so einen tollen Mann hättest ..."

Es war schon lange nach Mitternacht, als Mike und Katja in ihre Wohnung zurückkehrten. Katja war noch immer voller Sorge um Nina. Das befremdende Verhalten der Freundin ging ihr nicht aus dem Sinn. Es war, als hätte Nina aufgegeben. Sie schien, nur noch still zu ertragen.

Katja konnte nicht einschlafen. Sie warf sich von einer Seite auf die andere und suchte verzweifelt einen Ausweg aus dieser schrecklichen Situation. Doch es gab nichts, was sie hätte tun können. Nina musste ihre Entscheidungen selbst treffen. Als Katja endlich erschöpft einschlief, wurde es draußen bereits hell.

Wenige Wochen später holte Mike die Fotos beim Fotografen ab. Aber Nina konnte sie nicht mehr sehen, konnte ihren verschmierten Sohn mit dem Engelsgesicht nicht mehr bewundern.

Es war zu spät.

Das Urteil

Nur zwei Verhandlungstage hatte es gegeben. Das Gericht war sich schnell einig geworden.
Der Psychiater bescheinigte Gero mangelndes Selbstwertgefühl. Er bezeichnete ihn als unreife, unfertige Persönlichkeit. Sein Intelligenzquotient galt als normal, und damit war er für seine Tat voll verantwortlich.

Etwas anderes hätten die Familie Ninas und ihre Freunde auch nicht ertragen. Für alle war es sehr fragwürdig, dass man einem geständigen Mörder überhaupt einen Psychiater an die Seite stellte.

Der Pflichtverteidiger wertete die Tat als Affektreaktion, weil Nina die 15-jährige Geliebte Geros als billige Nutte und ihn selbst als Versager bezeichnete.

Gero erklärte in seinen letzten Worten: „Was soll ich noch sagen? Ich kann nur sagen, dass es mir fürchterlich leid tut.

In den Ohren der Angehörigen klangen diese Worte wie Hohn. Sie glaubten ihm seine Reue nicht.

Das Gericht folgte dem Antrag des Verteidigers nicht, in diesem Fall auf Totschlag zu erkennen. Das Urteil hätte dem Mörder dann die Möglichkeit offen gelassen, in allzu kurzer Zeit in die Gesellschaft zurückzukehren. Das wäre ein Schlag ins Gesicht der Eltern der Ermordeten gewesen.

Der Richter wertete die Tat als eiskalten vorsätzlichen Mord. Gero Wenzel hatte seine Frau Nina töten wollen. Sein Leben hatte sich auf Amelie konzentriert. Nina war ihm schlicht im Weg.

Noch am Morgen der Katastrophe hatte er seiner jungen Geliebten die Ehe versprochen.

Im gesamten Ablauf des Mordtages fanden die Richter unwiderlegbare Beweise für den Mordvorsatz. So folgte man dem Antrag des Staatsanwaltes:

Der 25 Jahre alte Gero Wenzel wurde am 6. Juni wegen heimtückischen und vorsätzlichen Mordes aus niedrigen Beweggründen, begangen an seiner 19jährigen Ehefrau Nina, zu lebenslanger Haft verurteilt.

Erleichtert atmeten die verzweifelten Eltern Ninas auf. Lebenslang – das war das einzige Urteil, das sie hatten akzeptieren können.

„Gott sei Dank", sagte auch Katja im Krankenhaus, als Mike ihr den Urteilsspruch mitteilte. Die letzten Tage, bis sie mit ihrem Baby nach Hause durfte, würde sie ruhiger verbringen.

Doch wirkliche Ruhe fand sie noch nicht. Nina kehrte nie mehr zurück, und Gero war der Mörder. Und die bohrenden Fragen in Katja endeten nicht, nicht heute, nicht morgen und auch nicht übermorgen.

Hätte man Ninas Tod nicht doch verhindern müssen?

Der zweite Brief

In Schönschrift:

„Sehr geehrte Familie Georgi.

Wie, und was mus ich duhn, damit ich einige Votos die sich in Ihrem besitz befinden, zu erhalten, ich vordere nicht, ich bitte Sie nur mir doch bitte einige Votos meiner Frau Nina, zusenden. Da Sie vielleicht keinn Intresse haben sollten zu schreiben, oder mir nur die Votos zu Senden, bitte ich Sie die Votos, meinem Bruder Fred Wenzel, meine alte Adresse, zu übergeben.
Meinen dank haben Sie schon im vorraus. nur noch soviel ich wolte Ninas tot nicht.
Herr Georgi Sie haben die Warheit vor Gericht gesagt, danke, Sie sind nicht von Haß, wie Ninas Mutter, Sie log, und diese Lüge, kann bei der Rewision von beteudung, und die Lüge bewisen werden.

Sehr geehrte Frau Georgi.
Leider Erfur ich ersd bei der Verhantlung, über die Nieterkumft Ihrer Tochter.

Herzlichen Glückwuns, gesundheit für den neuen Erdenbürger.
Bitte Verkessen Sie die Votos nicht.
Hochachtungsvoll

Gero Wenzel"

Diesen Brief – ganz wörtlich so – erhielten Katja und Mike am 24.06., 20 Tage nach der Verhandlung gegen Gero Wenzel, 22 Tage nach der Geburt von Eva-Nina Georgi. Der Brief trug das Datum vom 22.06.

Katja und Mike beschlossen, auch diesmal nicht zu antworten. Ein Foto von Patrick übergaben sie Fred Wenzel. Katja bat ihn, Gero auszurichten, er könne sich jederzeit die Polizeifotos seiner Frau aushändigen lassen. Damit könne er dann seine Zelle tapezieren. Andere Fotos stünden ihm nicht zu.

„Versteh ihn doch", bat Fred. „Er ist jetzt sehr allein."

Katja antwortete eisig: „Er hat sie umgebracht."

Wer ohne Schuld ist...

Mit blitzenden Augen stand Cynthia Vermeer vor Katja. „Du bist schuld, dass alles so gekommen ist! Warum hast du auch so einen Scheiß über ihn erzählt? Mann, das hatte er nun wirklich nicht verdient, das arme Schwein!"

Erschrocken lehnte sich Katja gegen das Treppengeländer. Es war ihr erster Arbeitstag nach der Geburt ihres Töchterchens, und es war das erste Wiedersehen mit Cynthia seit Ninas Beerdigung.

„Was redest du denn da für einen Unsinn?"

Cynthia reckte sich ein wenig und warf ihre blonde Mähne mit provozierend wirkendem Schwung in den Nacken.

„Du hast kein gutes Haar an Gero gelassen", zischte sie. „Es war ja wohl deine Aussage, die ihm lebenslänglich einbrachte!"

„Ich war doch gar nicht im Gerichtssaal ...", stieß Katja hilflos hervor.

„Aber du hast die Polizei auf ihn gebracht!", triumphierte das junge Mädchen. Cynthia schien nicht zu wissen, was sie da eigentlich sagte. Ihre Worte trafen Katja mehr, als diese sich anmerken lassen wollte.

„Cyn, er ist Ninas Mörder! Gero hat gestanden! Auch ohne mich wäre er verurteilt worden! Und das zu Recht!"

Cynthia wollte nicht begreifen. „Was heißt hier schon Mörder? Ich glaube, wir haben schon einmal darüber gesprochen. Nina war es doch selbst schuld!"

Katja schnappte hörbar nach Luft. „Jetzt reicht's mir aber! Ich weiß ja, dass du hinter Gero her warst. Du hast schon immer einen Hang zu Kriminellen gehabt! Du brauchst dir ja nur deinen Freund zu betrachten. Aber selbst du wirst wohl zugeben, dass ein überführter Mörder bestraft werden muss."

„Bestraft – bestraft!" Cynthia stampfte wütend mit dem Fuß auf. „Mein Gott, Gero war sein Leben lang bestraft! Nina war doch keine Frau für ihn. Das weißt du so gut wie ich. Nur sie wollte das einfach nicht einsehen!"

„Und da bringt man den Störenfried einfach um? Nein, Cyn, deine Logik stimmt vorn und hinten nicht! Sie ist einfach nur kindisch und dumm. Wenn du mal älter bist, wird dir vielleicht aufgehen, wie sehr du Nina heute Unrecht getan hast. Sie hatte deinen Sohn zu sich genommen und war ihm eine gute Ersatzmutter. Nur deshalb konntest du in Ruhe arbeiten gehen ..."

„Dafür habe ich sie bezahlt!", unterbrach Cynthia wütend. „Soll ich jetzt noch vor Dankbarkeit einen Kniefall machen?"

Katja blieb einen Moment lang still, ehe sie ganz betont antwortete: „Dankbarkeit – Cyn, weißt du eigentlich, was das ist? Bezahlt hast du allerdings weniger mit Geld als damit, dass du versucht hast, ihr den Mann auszuspannen!"

Ehe Cynthia ihrer Empörung Luft machen konnte, wandte sich Katja ab und ging hocherhobenen Hauptes die Treppe hinab. Unten drehte sie sich noch einmal um.

„Was ich dich fragen wollte, Cyn: Hattest du nun ein Verhältnis mit Gero oder nicht?"

Sie wartete nicht auf eine Antwort. Tief in Gedanken versunken ging sie in ihr Büro zurück.

Cyn, fühlst du dich mitschuldig an Ninas Tod? Und ihr alle, die ihr sie kanntet, hattet ihr jemals Zeit für Nina, Verständnis für ihre Probleme oder ehrliches Interesse an ihrer Person? Hatten nicht auch der Egoismus und die Missachtung durch ihre Mitmenschen zu ihrem Tod geführt? War Ninas Tod wirklich unabdingbar?

Und ihr Klatschreporter, ihr Journalisten, macht es euch Spaß, solch hässliche Dinge über einen Menschen zu schreiben, den ihr nicht kennt? Bloß weil die Aussagen eines Mörders vielleicht die Verkaufsquoten erhöhen?

Katjas Gedanken kreisten nur noch um diese Fragen, auf die sie keine Antwort fand. Es war, als könnte sie sich mit nichts anderem mehr beschäftigten.

Ich war da und habe nichts verhindert, dachte sie voller Verzweiflung.

Wer ohne Schuld ist ...

Der dritte Brief

„Mike, Katja!

Obwohl ich auf keinen meiner Briefe, eine Andwort Erhalten habe, schreibe und sende ich Euch beiden doch Weichnachts Grüße.

Den Weihnachten ist das Fest der Liebe, auch wen Eure Herzen voller Hass sind.

Sogar Ninas Eltern werde ich schreiben, um Sie zu bitten mir zu Verzeihen, den ich wolde es nicht. Ich Hasse mich selbst für das Geschehene, und ich währe lieber Tot als mit dieser Lasd weider zu Leben, aber keiner glaubt mir, den Hass macht Sie alle Blind.

Es giebt Menschen die Jahrelang meine Freunde waren, aber hir drinnen Erkend man was es für Freunde gewesen sind.

Den Hass hat Sie alle Blind gemacht. Ich kann Sie Verstehen, alle auch Euch beide.

Doch ich gebe nicht auf, ihnen zu Schreiben, es wird aber lange dauern ehe ich mit einer Andwort rechnen kann.

Bleibt Gesund, Grüßt auch Cynthia von mir.

Gero Wenzel

Diesen Brief erhielten Katja und Mike kurz vor Weihnachten. Eine Portraitzeichnung lag dabei. Sie stellte Nina dar. Hatte Gero sie aus der Erinnerung gezeichnet?

Katja war nicht fähig, die Zeichnung zu vernichten, wusste nicht, was sie damit anfangen sollte. Sie legte diese mit dem

Brief in jene Mappe, die sie in der untersten Schublade ihres Schreibtischs versteckte.

Auch auf diesen Brief antworteten Katja und Mike nicht. Ihr erstes Weihnachtsfest mit Eva-Nina sollte friedlich und ohne grässliche Erinnerungen verlaufen.

Aber war es überhaupt möglich, die Erinnerung so einfach abzustreifen? Würden sie jemals wieder frei leben können, frei von den Eindrücken jener entsetzlichen Tage?

Schecks

Als Hilde und Heinz Langner aus dem Urlaub heimkehrten, stellten sie fest, dass in ihre Wohnung eingebrochen worden war. Es dauerte eine Weile, bis sie diesen Eingriff in ihre Privatsphäre verarbeiten konnten und herausfanden, was fehlte; denn ein Durcheinander, wie es oft üblich ist in solchen Fällen, gab es nicht.

Zuerst entdeckten sie die Glassplitter. Die Balkontür war eingeschlagen worden. Der Täter schien sehr behände zu sein, da er offenbar an der Hauswand hoch in den zweiten Stock gelangt war. Allerdings fragte sich die Polizei, wieso die Scherben der Tür nicht im Wohnzimmer, sondern auf dem Balkon lagen – was nach den Gesetzen der Physik unmöglich war.

Der Dieb hatte offenbar genau gewusst, was er wo finden konnte. Große Unordnung war also gar nicht nötig gewesen. Er war zielstrebig an die Kommode gegangen und hatte eine verschlossene Kassette aus der unteren Schublade genommen. Diese aufzubrechen, war für einen ge-

schickten Mann ein Kinderspiel. Nachdem der Dieb Scheckheft und Scheckkarte herausgenommen hatte, hatte er die Kassette wieder verschlossen, so gut es ging, und in die Schublade zurückgestellt. Es war anzunehmen, dass der Täter die Wohnung der Langners wie ein normaler Besucher durch die Wohnungstür verlassen hatte.

Gesehen hatte ihn allerdings niemand. Es gab auch keine Zeugen, die vielleicht ein Geräusch gehört hätten.

Bereits in den nächsten Tagen hatte der Dieb bei verschiedenen Zweigstellen der Sparkasse, wo man Herrn Langner nicht kannte, Schecks im Wert von insgesamt DM 3000,- eingelöst.

Für Heinz und Hilde Langer war der Schaden fürchterlich. Für sie, die sich den Urlaub hart erspart hatten, waren dreitausend Mark schon ein kleines Vermögen, das sie kaum verschmerzen konnten.

Schon bald verdächtigte nicht nur die Polizei Gero Wenzel. Auch die Bestohlenen selbst waren davon überzeugt, dass er der Täter war. Es gab jedoch keine Beweise. Und um Nina das Leben nicht noch schwerer zu machen, schwiegen ihre Eltern und waren ein Stückchen mehr verbittert. Sie ahnten nicht, wie weit sie sich längst von ihrer Tochter entfernt hatten.

Erst nach dem Tod Ninas gestand Gero,, dass er den Einbruch verübt hatte.

Er hatte, während Nina schlief, die Hausschlüssel ihrer Eltern aus ihrer Handtasche genommen. Dann war er nach L. gefahren, war in die Wohnung gegangen und hatte Scheckheft und Scheckkarte an sich genommen. Anschließend hatte er die Scheibe der Balkontür eingeschlagen – unbedachterweise von innen nach außen. So hatte er eindeutigere Spuren hinterlassen, als ihm lieb sein konnte, auch wenn sie leider nicht zu einer Festnahme geführt hatten.

Gero war lange genug in der Wohnung seiner Schwiegereltern ein- und ausgegangen, so dass die vorhandenen Fingerabdrücke keinen Beweis darstellten und die Ermittlungen im Sande verlaufen mussten. Es blieb nur der Verdacht der Polizei und die Überzeugung der Schwiegereltern. .

Als Gero in jener Nacht nach Hause kam, legte er die Schlüssel unbemerkt wieder in Ninas Handtasche zurück. Für ein paar Stunden war er damit beschäftigt, die Unterschrift Heinz Langners zu üben. Schnell hatte er den richtigen Schwung heraus. Dem Besuch der Sparkassenfilialen stand nun nichts mehr im Wege.

Nina hatte in jener Nacht nichts von der Abwesenheit ihres Mannes bemerkt. Und selbst wenn, sie hätte Gero sicher mal wieder bei einer seiner zahlreichen Freundinnen vermutet. Und das tat schon lange nicht mehr weh.

Als der Diebstahl entdeckt wurde und Nenè von dem Verdacht gegen ihren Mann erfuhr, war sie schockiert, aber auch voller Angst, dass er vielleicht doch der Dieb gewesen sein könnte. Nina klammerte sich an den Gedanken, dass Gero nicht der Übeltäter war, da sie den Schlüssel ihrer Eltern regelrecht bewachte. Und außerdem – er war doch ihr Mann!

Nina sprach mit Katja über ihre Ängste und ihre Hoffnung. „Er hat es bestimmt nicht getan, Katja! Er ist wirklich ein ganz mieser Kerl, ich weiß es ja. Er hat schon so manches Ding gedreht. Aber ich bitte dich, Katja! Seine Schwiegereltern bestehlen, das ist etwas anderes! Nein, Gero ist, wie er ist, aber meine Eltern hat er nicht beklaut!"

Katja schwieg dazu und nahm Nenè nur still in den Arm. Sie war davon überzeugt, dass Gero der Täter war. Sie traute ihm schon lange nicht mehr. Und dieser Einbruch passte zu ihm. Er war leicht, einfach und bequem.

Katja wünschte sich sehnlichst, dass Gero endlich einmal erwischt würde. Gleichzeitig hoffte sie für Nina, dass es nicht unbedingt in diesem Fall geschah. Die Wahrheit hätte Nina nicht ertragen.

Diese Wahrheit – Nina Wenzel hatte sie nicht mehr erfahren. Es war die unendlich brutale Seite ihres Mannes, die Nina in den letzten Sekunden ihres jungen Lebens schmerzlich erkennen musste.

Dinge

Katja bezog ihre Betten. Mit einem wehmütigen Lächeln strich sie über den gestickten Kopfkissenbezug.
Nina!
Er hatte Nina gehört. Wie so vieles. Wie die Handtücher in der Küche, die Schüsseln mit den Blumen, die Vase im Schrank und …
Ein helles Lachen riss Katja aus ihren Gedanken. Eva-Nina, ein Jahr alt und schon sehr sicher auf den kleinen Beinen, schmiss sich auf die Kissen, wollte toben, mit der Mama lachen.
„Mama auch!", sagte sie bestimmt, strampelte mit den Beinchen und zeigte Katja, wo sie sich hinlegen sollte.
Und Katja ließ sich lachend fallen.
Schade, dass Nina das nicht mehr erleben konnte!
Dinge – sie fielen Katja immer wieder in die Hände. Noch Jahre später war jede Berührung wehmütige Erinnerung, die sie auf eine besondere Art erfüllte.
Vergessen, nein, das konnte Katja nie. Sie schrieb Gedichte, Geschichten – und immer war es Nina, für die sie schrieb, an die sie dachte und die sie begleitete oft bewusst, meist jedoch unbewusst.

Und wenn sie Eva-Nina ihre Märchen erzählte, glaubte sie, dass Nenè ihr besonders nahe war.

Nenè – sie war schon so weit entfernt und doch so nah, so weh und unvergesslich …

Ob sich Katja jemals von Nina, ihrem Leben, ihrem Leiden, ihrem Tod würde lösen können?

Der vierte Brief

„Mike, Katja!
Durch meinen Bruder Fred habe ich Ervahren, das ich an Euch nicht mer Schreiben soll.
Nun ich will mich nur für das Voto von patrick, und dem kleinen Mädchen bedanken, das mir mein Bruder Fred beim Besuch übergeben hat. Bitte wen es möglich währe macht mir noch eine Aufname von im, so kann ich dann wenichstens seine Endwiklung auf der Aufname Sehen. Bitte gebt die Aufname Fred, wen Ihr sie mir nicht schiken wold.
Für diesen Brief bitte ich gleich um Entschuldigung.
Bleibt mir nur noch Euch beiden, und Eurem kleinen, Glüg und Gesundheit zu Wünschen. Ervüld mir den Wunsch, ein Voto von Patrick.
Hochachtungsvoll
Gero Wenzel"

Zweieinhalb Jahre nach Ninas Tod fühlte sich Katja durch Geros Briefe noch immer aus der Bahn gerissen. Ihre mühsam aufgebaute Ruhe bröckelte jedes Mal erneut. Wochenlang hatte sie danach Angst, den Briefkasten zu öffnen, Angst, Geros Schrift zu sehen, Angst, seine Worte zu lesen, Angst nie wieder unbeschwert leben zu können.

Warum ließ er sie nicht in Ruhe? Hatte er nicht genug angerichtet?

Wie viel Bitterkeit lag in Katjas Gedanken! Gero hatte Ninas Leben ausgelöscht und damit seines zerstört. Er hatte das Leben seiner Eltern und das der Familie Ninas zur Hölle auf

Erden gemacht, und er hatte Katjas Leben aus seiner fröhlich normalen Bahn geworfen.

Wie viel Trauer war nötig, um in ein erträglicheres Leben zurückkehren zu können?

Trotz all dieser ablehnenden Gedanken besorgten Katja und Mike neue Fotos von Patrick und übergaben sie Fred.

„Nina hätte es gewollt", sagte Katja – mehr zu ihrer eigenen Beruhigung. Sie war zerrissen, wollte alles richtig machen und hatte das Gefühl, dass alles falsch war.

Gero war der Vater des Kleinen, auch wenn er zugleich der Mörder von Patricks Mutter war.

Zoobesuch

Es gab viele Menschen, die dem Ehepaar Wenzel nahe gestanden hatten und die nun auf ganz unterschiedliche Weise litten. Um Ninas Eltern kümmerten sich Priester und Psychologen. Auch der Mörder erfuhr Unterstützung.

Am wenigsten beachtet war das Leid ihrer Freunde, Katja und Mike Georgi. Sie waren ja keine Verwandte.

Vor allem Katja tat sich schwer. Für sie war es eine gern übernommene Verpflichtung, sich um den kleinen Patrick zu kümmern. Es machte sie glücklich, wenn sie alle vierzehn Tage Ninas kleinen Sohn für ein paar Stunden zu sich nehmen durfte.

Das war ein großer Vertrauensbeweis. Hilde Langner mochte sich kaum von ihrem Enkel trennen. Ninas Familie hatte beschlossen, jeglichen Kontakt Patricks zur Familie Wenzel zu unterbinden.

„Die Familie dieses Mörders muss nicht auch noch meinen Enkel kaputt machen", erklärte Frau Langner heftig. Sie war keinem Argument zugänglich.

Nicht einmal die mahnenden Worte von Helga Preuß drangen zu ihr durch. „Eines Tages müssen Sie Ihrem Enkel Rede und Antwort stehen und ihm erklären, warum er nicht nur Vater und Mutter sondern auch noch seine Großeltern und Onkel und Tante verloren hat."

Hilde Langner hatte Angst, dass auch nur die allergeringste Information über Patrick zu dessen Vater in die Zelle dringen könnte, wenn sie den Jungen zu den Wenzels ließ.

Katja hatte versprochen, darauf zu achten, dass so etwas nicht geschah.

Dass auch Frau Wenzel zutiefst erschüttert war und sowohl um ihre tote Schwiegertochter als auch um ihren verlorenen Sohn trauerte, das wollte Hilde Langner nicht wahrhaben. Es interessierte sie nicht. Sie war in ihrer tiefen und verzweifelten Trauer gefangen.

Für Frau Wenzel war es kaum zu ertragen, dass man ihr nun auch noch das geliebte Enkelkind vorenthielt. Sie war eine einfache, ehrliche und gutherzige Frau, die nicht begreifen konnte, warum ihr Sohn zum Mörder geworden war.

Geros Bruder Fred konnte das Leid seiner Eltern nicht mehr mit ansehen. Er suchte Hilfe bei Katja und Mike. Da er ja in Ninas ehemaliger Wohnung lebte, war der Weg zu den Georgis nicht weit.

„Habt ihr nicht eine Idee, wie man wenigstens die Mütter aussöhnen könnte?", fragte er. „Sie haben beide einen unglaublichen Verlust erlitten. Das müsste sie doch einander nahe bringen."

Katja würgte an ihrer inneren Abwehr und suchte nach Worten. „Kannst du Frau Langner nicht verstehen? Sie will nichts mit deiner Familie zu tun haben. Sie kann den Tod ihrer Tochter auch ohne euch kaum verkraften!"

„Aber Gero sitzt im Knast", erwiderte Fred verständnislos. „Damit muss es doch dann auch gut sein!"

„Du hast vielleicht Nerven!" Katja war kurz davor, die ihren zu verlieren. „Als ob damit alles in Ordnung wäre! Ganz gleich, wie lange Gero im Gefängnis sitzt, er wird nie genug bestraft sein für das, was er uns allen angetan hat, vor allem aber Nina und ihrer Familie. Es wird nie mehr gut werden!"

Fred schluckte schwer. Es dauerte eine Weile, ehe er sprechen konnte. Seine Stimme klang rau. „Dass du so voller Hass sein kannst, hätte ich nicht gedacht ..."

„Ich hasse euch nicht", versetzte Katja. „Ich will einfach nichts von euch wissen! Mir ist das alles zuviel!"

„Wir möchten eigentlich nur in Ruhe gelassen werden", fügte Mike hinzu. „Wir sind immer noch auf der Suche nach unserem normalen Leben, das dein Bruder zerstört hat."

„Mir geht es um meine Eltern und um Patrick! Sie können nichts dafür!" Fred begann leise zu berichten, wie sehr seine Mutter sich nach ihrem Enkel sehnte, den sie nicht einmal aus der Ferne sehen durfte. Sie war nicht gesund, wusste nicht, wie viel Zeit ihr noch blieb vor allem jetzt, nach der Tat ihres Sohnes, die ihr so entsetzlich zusetzte und die sie bis ans Ende ihres Lebens nicht begreifen würde. Den Kleinen wenigstens noch einmal sehen zu dürfen, das war ihr einziger Wunsch.

„Meine Frau und ich haben schon darüber gesprochen, ob wir ein Besuchsrecht vor Gericht erstreiten sollten", meinte Fred leise. „Wir haben uns auch nach den Aussichten erkundigt, und die sind nicht schlecht. Als Großeltern haben meine Eltern dasselbe Recht wie Langners."

„Das ist nicht euer Ernst!" Katja war so entsetzt, dass es ihr übel wurde.

„Wir haben lange darüber nachgedacht", fuhr Fred fort. „Aber wir wollen nicht noch mehr Schwierigkeiten haben. Noch hoffen wir auf eine friedliche Lösung."

Und die lag auf der Hand. Wenn Katja den kleinen Patrick zu sich holte, konnte man eine zufällige Begegnung arrangieren.

„Niemals!", wehrte Katja heftig ab.

Doch Fred gab nicht nach. Langners brauchten im Vorfeld nichts von der Begegnung zu erfahren, meinte er. So schwierig konnte es doch nicht sein, eine Zufallsbegegnung zu organisieren ...

„Ich kann euch nicht helfen. Ich möchte nicht auch noch Patrick verlieren", sagte Katja matt und war froh, als er ihre Wohnung verlassen hatte.

Nach einem langen Gespräch mit Helga Preuß kamen Katja und Mike zu dem Schluss, dass die Wenzels ihren Enkel sehen sollten, auch gegen den Willen von Frau Langner, der man allerdings hinterher von der zufälligen Begegnung erzählen musste.

Ein Zoobesuch erschien allen am unverfänglichsten. Und so verabredete man sich am Affenfelsen.

Es fiel Katja nicht leicht, Hilde Langner das Vorhaben zu verschweigen, als sie Patrick abholte, zumal Ninas Mutter wieder auf die Familie Wenzel schimpfte, die immer noch versuchte, Kontakt mit ihr aufzunehmen.

„Es sind auch Großeltern – und Eltern, die trauern", wagte Katja einzuwenden. „Sie haben auch viel verloren."

Dieser Satz hätte um ein Haar dazu geführt, dass Katja den kleinen Patrick nicht hätte mitnehmen dürfen. Einzig die Tatsache, dass der Kleine sich bereits auf den vorher angekündigten Zoobesuch freute, ließ Hilde Langner nachgeben.

Katja machte sich große Sorgen. Die Empfindlichkeit, nein, die Verletzbarkeit von Frau Langner war unendlich groß. Wie würde sie reagieren, wenn sie erfuhr, dass ausgerechnet heute im Zoo das Ehepaar Wenzel Patrick gesehen und natürlich auch gesprochen hatte?

Und doch hatte sie das Gefühl, dass sie richtig handelte – für Patrick, für Frau Wenzel und letztlich auch für Hilde Langner.

Es war ein schöner Spaziergang durch den Zoo. Die Sonne schien, und der Himmel sah aus, als hätte man ihn extra für diesen Tag blank geputzt. Patrick schob Eva-Ninas Kinderwagen und fühlte sich fast schon als großer Bruder. Dass die Erwachsenen sich immer wieder besorgt umschauten, bemerkte der kleine Kerl nicht.

Als sie zum Affenfelsen kamen, trat Fred Wenzel auf sie zu. Patrick beachtete seinen Onkel nicht. Er war zu sehr damit beschäftigt, Eva-Nina von den Äffchen zu erzählen.

„Danke", sagte Fred leise und winkte seine Eltern heran.

Katja hatte plötzlich das Gefühl, mit Patrick fliehen zu müssen. Sie empfand auf einmal genau so wie Hilde Langner. Aber nun gab es kein Entrinnen mehr.

„Patrick!" Frau Wenzel schluchzte und wollte ihren Enkel in den Arm nehmen.

„Hallo, Oma", erwiderte der Kleine, als wäre dieses Treffen ein völlig normales, wandte sich dann wieder den spielenden Affen zu und sprach weiter auf Eva-Nina ein.

Mike zog Frau Wenzel ein Stück zur Seite. „Am besten setzen Sie sich auf die Bank und schauen dem Kleinen einfach nur beim Spielen zu. Vielleicht kommt er dann von selbst zu Ihnen."

Aber davon wollte die arme Frau nichts wissen. Sie wusste sehr genau, dass diese Gelegenheit, ihren Enkel in den Arm zu nehmen, so schnell nicht wiederkam. Also redete sie auf das Kind ein, bis Patrick so weit war, dass er der Oma einen Kuss gab und sie anlächelte.

Für Katja war das alles zuviel. „Wir müssen leider gehen, Frau Wenzel." Sie nickte Herrn Wenzel zu, nahm Patrick an die Hand und überließ ihrem Mann den Kinderwagen. Ihr Abgang glich einer Flucht.

„Das war meine Oma", stellte Patrick nach einer Weile fest.

„Ja, mein Schatz", erwiderte Katja.

Erst im Auto auf der Heimfahrt sprach Patrick weiter. „Die ist nicht böse."

„Nein", sagte Katja erschrocken.

„Mein Papa ist böse", fuhr das Kind fort. „Der hat meiner Mami ganz doll wehgetan!"

„Ja", stimmte Katja mit tränenerstickter Stimme zu.

„Musst nicht weinen, Tante Kati", versuchte Patrick, sie zu trösten. „Mami ist jetzt im Himmel, und Papa ist im Gefängnis. Ich darf bei Omi Hilde bleiben."

„Und du darfst auch immer zu uns kommen", versprach Mike.

Damit war das mühsam zusammengebastelte Weltbild des Kindes wieder zurechtgerückt. Die Begegnung mit den Eltern seines Vaters hatte ihm nicht geschadet. Seinen Onkel hatte er nicht einmal bemerkt. Und dass es da auch eine Tante und einen kleinen Vetter gab, ahnte er nicht.

Hilde Langner konnte ihr Entsetzen nicht verbergen, als sie von der Begegnung im Zoo erfuhr.

„Wir sind sofort gegangen", erklärte Nina. „Vor solchen Zufallsbegegnungen kann man sich ja leider nicht schützen."

Frau Langner wollte von Zufall nichts wissen. Sie war davon überzeugt, dass Fred Wenzel das alles eingefädelt hatte und mit seinen Eltern dem Auto von Mike und Katja gefolgt war.

„Tut mir leid, Katja, aber ich kann unter diesen Umständen Patrick nicht mehr zu dir lassen", erklärte sie hart. „Dieser Bruder eines Mörders wohnt zu nahe bei euch. Mir ist die Gefahr zu groß, dass es wieder zu ähnlichen Szenen kommt."

„Aber Frau Langner", protestierte Katja, deren Gewissen heftig schlug. „Denken Sie doch an Patrick und auch an Nenè! Und bitte, nehmen Sie mir nicht auch noch das Kind!"

Frau Langner ließ sich nicht erweichen. „Du kannst gern zu uns zum Kaffee kommen, Katja", schlug sie vor. „Du weißt, dass wir dich mögen und dir sehr dankbar sind für alles, was du für Patrick und Nina getan hast. Du bist uns immer willkommen."

Nein, das war sie nicht, das spürte Katja. Es sah eher so aus, als ob Hilde Langner die Gelegenheit nutzte, sie von Patrick fernzuhalten. Vielleicht sollte er durch nichts mehr an sein früheres Leben erinnert werden, auch nicht durch seine geliebte Tante Kati.

Katja und Mike verabschiedeten sich von dem Kind, als wäre nichts geschehen. Patrick sollte nicht merken, dass sie ihn nicht mehr abholen durften.

Der Abschied von Frau Langner war deutlich unterkühlt. Die frühere Herzlichkeit fehlte völlig. „Grüß deine Mutter, Katja."

Auch diesem Gruß fehlt jegliche Wärme.

Katja hatte das Gefühl, Nina ein zweites Mal verloren zu haben. Ich schwöre dir, Nenè, dachte sie, wenn Patrick mich braucht, bin ich für ihn da.

Sie sah den Jungen noch einmal, als er ungefähr 15 Jahre alt war. Es war eine kurze Begegnung im Hause Langner. Gero Wenzel war in der Stadt gesehen worden. Er hatte Freigang. Und darüber hatte sie mit Frau Langner reden wollen.

Noch einmal weinten sie gemeinsam um Nina. Freundschaftlich nahe wie einst kamen sie sich nicht. Mehr als ein oberflächliches Wort konnte Katja nicht mit Patrick reden. Er erinnerte sich nicht mehr an sie. Wirklich nicht? Die weinenden Frauen waren ihm offensichtlich unangenehm.

Katja verabschiedete sich. Sie war von einer Traurigkeit erfüllt, die sie nicht hätte beschreiben können.

Es war der Abschied von einem bedrückenden Stück ihrer Vergangenheit, das sie nicht losließ, das sie immer weiter in sich trug, das ihr Leben noch viele Jahre bestimmen sollte. Noch nach Jahrzehnten spürte sie jene schmerzhafte Sehnsucht, die sie seit dem Tod Nenès erfüllte …

Der fünfte Brief

„Mike, Katja.

wie soll man es Anfangen, an Freunde zu Schreiben, die man Verlohren hat, um ihnen danke zu Sagen.

Für das was Sie meinen Eltern ermöglicht haben, wie kann ich es je wieder gutmachen, den meine Mutter war Klücklich, weil Sie Patrick sehen kante, und dafür bin ich dir Katja, und dir Mike dankbar.

Patrick zu Liebe werde ich nichts mer Unternehmen, vielleicht aber könt Ihr Verstehen, das ich Patrick beimeinen Eltern wüsde, den ich hänge sehr an ihm, Patrick ist doch alles was ich noch habe, für ihn Lebe ich doch nur noch, wen ich ihn nun auch noch Verlihren solde, weiß ich nicht was aus mir noch werden solde.

Ich hätte euch noch soviel zu Sagen, aber durch Fred, und auf euren Wunsch hin werde ich es Vergessen.

Danke für alles.
Gero Wenzel"

Wieder ein Brief von Gero!
Katja weinte. Irgendwann kamen ihr Zweifel, ob es richtig war, einfach nicht mit Gero zu sprechen. Aber noch waren weder sie noch Mike so weit, noch konnten sie sich nicht überwinden, Gero zu antworten.

Sie quälte sich nächtelang mit ihren Träumen, die ihr nicht halfen, eine Entscheidung zu treffen. Es war zu früh.

Gero hatte zu tief in ihr Leben eingegriffen. Wie lange würde es dauern, bis diese Wunde heilte?

Es gab Wunden, die heilten nie ...

Nach zwei Jahren

Es lief Katja nach. Obwohl es schon lange her war.
Zwei Jahre.
Tagelang hatte sie die Geschehnisse vergessen, besser gesagt verdrängt. Ein Gespräch tat nicht mehr so weh.

Es wurde Erinnerung. Langsam.
Dann plötzlich kam eine Nachricht. Jemand wusste etwas. Von Gero. Jemand glaubte, es wäre wichtig.

Wichtig für Katja?

Manchmal hatte sie das Gefühl, dass es sich um Böswilligkeit handelte. Aber warum hätte man sie quälen wollen? Oder bildete sie sich das alles nur ein? Wurde sie langsam verrückt?

Tod ist schlafen, und nichts tut mehr weh.

Jede Nachricht aus dem Gefängnis wühlte Katja auf. Irgendwie ließen die Erinnerungen sie nicht los, hatten sie umklammert, gefesselt. Sie waren ihr ganz persönliches Gefängnis. Sie glaubte, „Du hast es geschafft!", dann passierte etwas, und alles war schmerzhaft wie vorher.

Was bedeutete Trauer? Wie lange dauerte sie? Konnte man die Zeit der Trauer messen?

Sie wusste es nicht, sie war leer. Nina fehlte ihr so sehr, dass sie ihre Freundin jeden Tag aufs Neue schmerzlich vermisste.

Sie hatte eine Idee. „Das muss Nenè wissen!" Sie lief ans Telefon, wählte die Nummer bis zur letzten Ziffer, warf den Hörer auf die Gabel zurück ...

... und wieder war alles in ihr wund und leer. Katja weinte.

Nenè war nicht mehr da. Sie existierte nicht mehr, kam nicht mehr wieder. Es war vorbei. Endgültig.

Es gibt keine Telefonleitung in die Ewigkeit.

Das machte alles so schlimm, dieses Nicht-Vergessen-Können. Sie saß da und wusste plötzlich nicht mehr woher und wohin. Dieses schreckliche Wissen, dass es vorbei war, hielt Katja fest und ließ sie bis nie mehr los.

Erinnerung war noch kein lichter Schein. Vielleicht später einmal. Es war doch eine schöne Zeit. Manchmal. Oder nicht?

Zwei Jahre waren vergangen, seit Nina Wenzel starb, zwei lange, kurze Jahre, eine Zeit der Trauer, der Wut, der Suche nach dem Vergessen und dem Neuanfang, eine Zeit des sich Erinnerns und der ewigen Frage nach dem Warum. Eine Zeit des Lebens ohne zu leben?

Mord. - Tod. - Vorbei.

Der sechste Brief

„Mike, Katja.

Heute habe ich vom Bundesgerichtshof bescheid bekommen, das die Revision verworfen ist.

Nun habe ich Langners Angeboten Patrick zur Adoptiren, so vergist er und wird nie seinen Vater kennen.

Meine bitte an Euch ist, helft das Langners wieder mit meinen Eltern zusammen kommen, den Sie können nichts dafür, ich habe Langners um ferzeihung gebeten, und das es mir wirglich Leid duht, und das meine ich Erlich und Aufrichtig.

In laufe der Komenten Woche werde ich hir weggehen, wohin ich kommen werde weiß ich noch nicht, ich werde es Mike unddir Katja Mitteilen, damit ich weiß wie es unserrem kleinen Patrick geht.

Habt dank für Eure hielfe, ich würde mich freuen von Euch beide Nachricht über patrick zu bekommen, auch über Post von Euch beiden, und Cynthia, es währe schön, und eine Verbindung zur Ausenwelt, und die

Brauchen wir Menschen hir hinter Gitter so nötich wie das Tägliche Brott.

Sonsd finden wir uns Später in der Freiheit nicht mer zurecht Ich Wünsche Euch alles, alles Gute, und Klück, für Euch alle Gesundheit.

*Hochachtungsvoll
Gero Wenzel"*

Verbindung zur Außenwelt – sie war sicherlich so wichtig wie das tägliche Brot.

Aber konnte Gero verlangen, dass es ausgerechnet Mike und Katja waren, die sich um ihn kümmern sollten?

War es noch zu früh oder möglicherweise sogar schon zu spät?

Vielleicht schafften sie es eines Tages, Gero zu schreiben, irgendwann, in ein paar Jahren …

Nein, jetzt ging es nicht! Katja legte den Brief zu den anderen und hoffte, nie wieder etwas von Gero zu hören. Sie würde sich niemals überwinden können, mit dem Mörder ihrer Freundin Kontakt aufzunehmen, das wusste sie.

Und doch, war es nicht doch auch wichtig für sie? Vielleicht würde Gero ihr das Warum erklären …

Wenn sie ehrlich war, konnte sie daran nicht glauben. Sie war sich ganz sicher, dass er immer noch Ausreden und Schuldzuweisungen fand.

Warum? Warum war Nina tot?

Was wird?

So viele Jahre waren vergangen. Mehr als vierzig. Noch immer war das Entsetzen fast greifbar gegenwärtig. Und doch, die schrecklichen Tage des Erwachens aus einer beinahe heilen Welt wurden allmählich zur traurigen Erinnerung.

Der Schmerz war kaum mehr spürbar, die Trauer verhallt. Alltagssorgen schoben sich unnachgiebig in den Vordergrund. Schon viele Jahre hatte Katja das Grab Ninas nicht mehr besucht.. Friedhöfe verursachten bei ihr seither ein unangenehmes Gefühl, eine unbestimmbare Angst …

Vergessen …

Nein, Katja Georgi würde niemals vergessen. Sie hatte nur gelernt, mit den Tatsachen zu leben, schmerzhafte Erinnerungen zu verdrängen.

Nichts ist mehr, wie es einmal war, und es wird nie mehr so sein.

Katja hatte sich verändert in dieser Zeit.

Sie war nicht mehr die übersprudelnde, fröhliche junge Frau, die in jedem Menschen nur das Gute sah. Das war vorbei. Für viele Jahre war sie ängstlicher geworden, hatte ihren ewigen Optimismus und das Zutrauen zu sich selbst und zu anderen verloren. Sie neigte zu Depressionen.

Katjas Pessimismus, ihr Misstrauen und die fehlende Selbstsicherheit machten ihr das Leben schwer.

Es dauerte lange, sehr lange, bis Katja auch diese Phase überwand, einen neuen Weg zu sich selbst fand und sich neuen Lebensmut und Lebensfreude erkämpfte. Die Spuren aber würden bleiben, für immer, diese Narben auf der Seele …

Auch Mike hatte sich verändert. Er, der trotz seiner angeborenen Ruhe immer mehr jungenhaft war, war plötzlich zum Erwachsensein gezwungen. Diese Tage waren für ihn wie eine abrupte Beendigung einer fröhlichen Jugend. Er war härter geworden in seinen Urteilen, wirkte sturer und unnahbarer und verschloss lange Zeit seine Gefühle vor jedermann.

Dass das Ehepaar Georgi irgendwann getrennte Wege ging und jeder für sich ein neues Glück suchte – vielleicht hatte auch das mit ihrem großen Verlust zu tun.

Sowohl für Mike als auch für Katja blieb eine Frage offen, die mit den Jahren immer drängender, immer belastender wurde:

Was geschah, wenn Gero wiederkam?

Denn was hieß schon lebenslänglich? Im Höchstfall würde es fünfzehn Jahre sein. Und dann …

Er hatte aus dem Gefängnis geschrieben. Noch immer wurde es Katja übel, wenn sie an das Grauen dachte, das sie bei jedem Brief packte. Und doch, hätten sie antworten sollen? Hätten sie mit Ninas Mörder weiter korrespondieren sollen?

Um die Psyche des Mörders kümmerten sich die Psychologen. Er hatte jede Ansprache, die er brauchte, war sein Verhalten doch nicht Normen entsprechend. Was aber geschah mit denen, deren Leben durch seine Tat durcheinander gewirbelt wurde? Wer half den Randfiguren, für die sich niemand interessierte und die doch so sehr betroffen waren?

Für so vieles im Leben gab es Lehrbücher, Ratgeber und Helfer. In dieser Ausnahmesituation fühlte sich Katja allein gelassen. Und das immer weiter, jahrelang, fast ein Leben lang.

Was würde geschehen, wenn Gero Wenzel eines Tages vor der Tür der Freunde von damals stand? Würde er tatsächlich den Mut dazu haben? Und dann …

„Komm bitte herein, Gero, wir haben uns ja so lange nicht gesehen! Ich koche uns schnell einen Kaffee!"

Oder: „Was willst du hier? Hast du nicht genug zerstört, du Mörder? Verschwinde und lass dich hier nie wieder blicken!"

Oder gab es einen Mittelweg?

Es waren so viele Fragen, mit denen sich Katja in vielen langen Nächten herumschlug. Und irgendwo war da eine heimliche Angst. Und ein gewisses Schuldbewusstsein, das ihr auch in Zukunft niemand nehmen konnte ...

Hätte man Ninas Tod verhindern können?

Über vierzig Jahre … Ein Leben, dass Nina nicht hatte leben dürfen.
Heilt die Zeit Wunden?
Wann?

Nenè, warum hat Gero uns das angetan? Warum haben wir deinen Tod nicht verhindern können?

Katja Georgi hat nie erfahren, wann Gero Wenzel entlassen wurde, ob das Grab ihrer Freundin noch existierte, und was aus Patrick wurde. Auch Cynthia Vermeer war sie nie wieder begegnet. Katja hatte ihre Arbeitstelle gewechselt und war umgezogen.

Der Mord an Nenè belastet sie bis heute.

Du bist mir nah - Grabrede

Du bist mir nah.
Näher als du es je warst.
Ich fühle diese Nähe,
so wie ich gleichzeitig die Ferne spüre.
Da wo du ruhst, empfinde ich nichts.
Das Grab ist fremd und kalt.
Blumen verblühen, Lichter verlöschen.
Aber meine Erinnerung schenkt mir die Wärme,
die du so reichlich allen gabst.
Ich fühle, spüre, empfinde dich
immer – Tag und Nacht
bist du in meiner Nähe.
Unsere Verbundenheit ist ewig.

Danke

Es gibt ein paar ganz besondere Menschen, die mich immer wieder angeregt haben, mir beigestanden, mich beflügelt und getröstet haben.

Elly hat mich in der Entstehungsphase dieses Buches immer wieder überredet, es auch zu veröffentlichen.
Nick hat sich um die Ausarbeitung des Titelbildes gekümmert.
Mein Mann hat nicht nur unendlich viel Geduld für mich aufgebracht sondern mich bei allen Arbeiten und dem Verarbeiten unterstützt mit seinen hervorragenden Tipps und Tricks.

Für eure liebevolle und kompetente Unterstützung danke ich euch von Herzen.

Inhaltsverzeichnis

1	Schlagzeile	6
2	Aus	7
3	Stiefmütterchen	9
4	Nina und Gero	11
5	Kinderehe	15
6	Patrick	21
7	Der Weg zum Ende	23
8	Illusionen – Gedicht –	31
9	Der letzte Tag	32
10	Scheidung	40
11	Zu spät	43
12	So tun, als ob	46
13	Die Angst des Mörders	49
14	Versuch eines Alibis	51
15	Huren	54
16	Nervensache	57
17	Vermisstenanzeige	63
18	Prügel	68
19	Verletzte Seelen – Gedicht –	72
20	Identifizierung	73
21	Das Verhör	86
22	Der Zusammenbruch	96
23	Die Nacht	100
24	Das Geständnis	105
25	Es geschah	108
26	Geld	110
27	Was blieb	113
28	Aussagen	116
29	Todesanzeige	120
30	Der erste Brief	121
31	Tanzstunde	122

32	Glück	125
33	Die Verhandlung	128
34	Seelen im Wind – Gedicht –	133
35	Penatencreme	134
36	Das Urteil	138
37	Der zweite Brief	140
38	Wer ohne Schuld ist …	141
39	Der dritte Brief	144
40	Schecks	145
41	Dinge	148
42	Der vierte Brief	149
43	Zoobesuch	150
44	Der fünfte Brief	157
45	Nach zwei Jahren	158
46	Der sechste Brief	160
47	Was wird?	162
48	Du bist mir nah – Grabrede	165
49	Danke	166
50	Inhaltsverzeichnis	167

Bitte besuchen Sie meine Homepage!

www.maremio.jimdo.com